金庸選集

金庸學佛

金　庸　著

李以建　編

深入淺出 文字般若

李以建

近三十年前，我初來乍到香港，經當時中國社會科學院文學研究所所長劉再復老師舉薦到金庸先生身邊工作。金庸先生囑我做的第一件事，是整理並加以分類登記他多年來閱讀和收藏的書籍，一部份是從他家中書房搬來的，一部份是辦公室書櫥上的。我把需整理登記的書籍分批攤放在金庸辦公室的地毯上，逐一翻閱，登記入冊。有時不自禁會隨着翻開的書頁而閱讀起來，偶爾金庸先生來辦公室，他只是微笑地詢問幾句，從不管我的具體工作和進度。

金庸先生擁有的圖書，主要有四類：文學、歷史、佛教、圍棋。令我印象極深的是，他擁有多套《大藏經》，其中有普慧大藏經刊行會一九四四年版的《南傳大藏經》和《大藏經》；日本大正一切經刊行會原編輯、中華佛教文化館大藏經委員會一九五七年版的《大藏經》；以及修訂中華大藏經會一九七四年版的《中華大藏經》。還有許多線裝本的佛經，如《楞嚴經》、《大智度論》、《金剛般若波羅蜜經》等等，以及大量英文版的佛學經典和研究著作。如果這只是作為個人的藏書，或許不少愛書者、藏書家、學者專家都遠超過他，但難能可貴的是，幾乎每本佛教書籍金庸先生都翻閱過，其中絕大部份都留下他點讀時所做的紅筆圈點和批註。

此次藏書整理後，我有機會向金庸先生請益一些佛教的初級常識，他不僅十分認真地回答，並將他點讀過的《楞嚴經》四卷本送給我，讓我有空細讀，體悟其中的深刻至理。從那時起，我開始親近佛教。

從佛教的角度來看，金庸堪稱是具有慧根、累世修行悟道而擁有文字般若的智者。一方面他具有超凡的記憶力，另一方面具有精深湛明的文字表達力。

從最初親近佛教開始，金庸在短時間內閱讀了大量的佛經典籍，包括前述的《大藏經》。他發願追隨佛陀，不斷思考如何解脫人生痛苦和煩惱。為了更深入地學習和探究原始佛教的教義，他翻閱了大量的英文書籍，乃至親自前往英國國家圖書館查借有關書籍，希望藉此了解印度修行者和西方佛學研究者更多的翻譯和闡釋，從中明瞭佛教最初的「真實義」。他曾希望自己有時間學習梵文、巴利文，以便更接近原始教義。只可惜，由於其時他忙於撰寫社評和專欄，修改小說，管理報業，每天的工作日程排得滿滿的，根本分身無術，最後未能實現此願望。事後他談到，每每感到自責和遺憾。

金庸先生的讀書習慣是直接用紅筆在書頁上點讀，寫批註。他素以博聞強記令人印象極深，且有過目不忘的驚人之處。他閱讀量之大、涉獵之廣，通常學者都難以相比。他記憶力超人，很多書籍讀後就直接在寫作中引用，不需再查對原書。他讀過的書籍恍如被全部印刻在他的大腦硬盤裏，存放在記憶庫中，隨時可用他的天才檢索提取出來查閱改寫，以他的般若來融會貫通，重新創作，自成一體。〈談「色蘊」〉就是明證。它分為七個部份，作為「聽香室筆談」連續發表在香港《內明》佛教月刊上（一九七七年十一月一日第六八期至一九七八年五月一日第七四期）。這篇佛教研究的長篇論文，邏輯縝密，條理清晰。所論所證均引經據典，信手拈來；所思所議亦獨特新穎，非初學能有。不過，根據金庸〈後記〉自述，「我於一九七六年十二月間開始親近佛法」，至此文的第一部份問世，才短短的不到一年的時間，至全文的刊發也才一年半的時間。他能在如此之短的時間內，閱讀如此之多的佛教經論，撰寫出如此論理深邃、見解獨到的佛學論文，委實令人訝異。我以為，不用累世修行所得，無法解釋。恰如金庸於一九七七年在《俠客行．後記》談到，小說雖體現出「大乘般若經以及龍樹的中觀之學」，「極力破斥繁瑣的名相戲論」，「強調『無着』、『無住』、『無作』、『無願』」，但自己「寫《俠客行》時，於佛經全無認識之可言，《金剛經》也是去年十一月間才開始誦讀全經，對般若學和中觀的修學，更是今年春夏間之事」。他坦誠表白：「此中因緣，殊不可解。」

金庸的文字般若更表現在天賦異稟的文字表達能力。無論多麼艱深的理論，他都能將其化為最平白通俗的白話加以表達。古人晦澀難解的文言文，他引用時總是能以平直樸實的直譯重新複述道明。西方哲學經典同樣也難不倒他，照樣能化繁為簡，變難為易。恰如金庸在〈談「色蘊」〉中說到，佛陀認為眾生平等，「佛陀對任何人都說法，不論是國王、大臣、富翁、貴婦、還是傭僕、奴隸，他都肯不厭求詳的教導」，「如果他的話中包括大量抽象概念和專門名詞，好像後世佛學者們所說的那樣，這許多沒有甚麼知識的人又怎麼聽得懂，又怎麼能得到解脫？」金庸的寫作自始至終奉此身體力行。本書除了〈談「色蘊」〉，其餘的文章都是根據金庸手稿整理，首次發表，篇名為編者擬寫。其中「佛經故事」七則、〈佛義淺釋〉，可謂金庸踐行宣揚佛法的嘗試。〈佛教八宗〉則是〈談「色蘊」〉的補充。

二〇一八年金庸先生逝世後，承蒙金庸夫人查林樂怡女士的信任，讓我參與整理先生的遺物，尤其是他的藏書和部份手稿。再度面對金庸先生擁有和閱讀過的數萬冊書籍，睹物思人，先生的音容笑貌時常浮現在我的眼前。雖然不能親聆他的教誨，但我發願投入全部身心和精力認真仔細整理他的書籍和手稿。經過三年多的努力，絕大部份藏書已經完好地轉交給香港文化博物館的金庸館和香港中央圖書館。同時，盡自己的淺陋學識，將他研究、翻譯和撰寫的心得筆談，歸類梳理，陸續編輯出版，公諸於世，以期所有的金迷和眾多的研究者能更深更廣地了解金庸，打開並探索金庸深邃的知識世界。

本書的編選和出版，承蒙查林樂怡女士的同意和明河社的授權，謹致以最誠摯的感謝。編校承林苑鶯女士查閱典籍校正，謹此申謝！

目錄

學佛札記

佛經故事

聽香室筆談

談「色蘊」（一）

人生痛苦與煩惱無窮無盡。

嬰兒一生到這世界上，最先的行動是掙扎和哭喊，不是安靜和歡笑。疾病、衰老、死亡是不能擺脫的命運。所愛的要分離，厭惡的卻偏偏要相逢，所熱切祈求的總是得不到。最寶愛的人永遠離開了，他的身體在熊熊烈火中化為灰燼。

可是，死亡只是這一生的終結，卻不是生命痛苦的盡頭。

是「人生長恨水長東」嗎？天下的江河並不都向東流，人生卻當真是長恨。「天長地久有時盡，此恨綿綿無絕期。」李後主曾獨佔江南繁華，唐明皇富有四海，到頭來卻都只有痛苦。人類歷史上沒有另一個人比成吉思汗所建立的帝國更大，到得臨死之時，他將滿盤明珠絕望地撒在大草原中，甚麼權力、威勢、榮華、妻兒，到頭來盡化烏有，因為他自己的生命要結束了。

為甚麼做人是這樣苦？人能從這無窮無盡的煎熬中得到解脫嗎？如果能夠的話，用甚麼方法？

二千五百多年前，印度北部有一位王子，對這個大問題終於得到了最後的答案：人生的痛苦是可以解脫的。要明白痛苦怎樣產生，明白產生痛苦的原因可以除去，明白正確的方法，照着去做，人就能從痛苦中得到解脫，從此自由自在，永遠不受痛苦的打擊、折磨、糾纏和束縛。那是真正的大自由，大解放。

生命中再也沒有比這更重要的事。自己得到自由，也要幫助別人得到自由，這是人生的目的。

這位王子，就是後來證悟的佛陀——釋迦牟尼。「佛陀」的意思，是「覺悟的人」。他苦修了六年，在菩提樹下苦思四十九天，終於見到了解脫生命中一切痛苦的道理和方法，那就是佛法。將佛法廣教世人，便是佛教。

佛法的內容十分豐富，下面所說是最初步的道理。

「五蘊」

人的一切痛苦，來自生理機能和心理機能的作用。所以首先要對此有正確的認識。正確的認識從正確的觀察而得到。生理和心理的機能互相依附，互相影響，永遠不能真正的分割。但在觀察之時，可以先分別開來了解，認識了之後，再將兩者綜合起來，得到一個總的認識。

生理機能比較簡單，有具體的形象，可以捉摸。心理機能卻十分複雜，思想念頭瞬息間百變千幻，極不容易把握。所以生理組織不再分組，心理作用則分為四組。五個組的每一組之中，都包含了許許多多東西，例如生理器官有眼睛、耳朵、鼻子等等。

生理組稱為「色蘊」。「色」的意思是「看得見的東西」，「蘊」的意思是許多東西聚為一類，梵文是Skandha，巴利文是khandha，英文譯作Aggregate或Group，都是「組合」、「集團」的意思。色蘊就是「可見類」或「可見組」。人身的各種器官都是看得見的。其中細小的物體如細胞、血球、細微神經等等肉眼看不見，但通過顯微鏡還是可以看得見，佛以及其他修道有成就之人的「天眼」也看得見。生理組中的各個部份，不論大小，都看得見。

至於心理作用，那都是看不見的。佛陀將之分為情緒、記憶、思考、意識四組，分別稱為受蘊、想蘊、行蘊、識蘊。情緒、記憶、思考這三組心理活動，必須和意識相結合才能發生作用，所以整個心理活動也可總稱「識」。

五個組一起，稱為「五蘊」。「蘊」這個字，是玄奘大師所譯，舊譯稱為「五陰」或「五眾」。

生理組織和心理作用事實上互相密切聯繫，不可能真正的截然劃分，以「能不能看得見」作為分類標準，最為明確合理。如果像通常那樣稱為物質類和精神類，聽者不免要追問：甚麼是物質？甚麼是精神？事實上這個問題無法答覆。在今日的高等物理學中，物質與能不可分，物質是能的一種現象。佛陀根本不談物質，不談物的本質，只談物的狀態與性質，只談看得見或看不見的現象，和今日的科學知識完全相符。在哲學上，關於「物的本質」，兩千多年來也一直有永遠解決不了的爭論，佛陀一概撇開，以免引起混亂。分為看得見的和看不見的兩種，既簡單明瞭，又完全正確。

心理狀態固然剎那間變化不停，生理組織其實也是時時刻刻在變化，新陳代謝作用沒有一刻停止。千千萬萬細胞在不斷產生、生長、衰老、死亡。嬰兒成長為青年，頭髮和指甲長了起來，骨骼和血管在慢慢硬化，美麗的晶瑩的眼珠失卻了光采。不斷的變化，決不停滯不動，那是「無常」。

「色取蘊」

小孩子盼望快高長大，這願望是能達到的。長大之後，盼望永遠保健康和青春，永遠不會死。古往今來，誰也辦不到。因為肉體是無常的。對人來說，無常就是痛苦。肉體自己不會思想，痛苦、憂慮、煩惱等等情緒，都是心理作用。

生命中有幸福的歲月、美好的時光，自然也有心神俱醉、大喜若狂的感覺，然而良辰美景，賞心樂事，一切豈能長保？幸福的感受越是強烈，在幸福消逝時的痛苦越是難當難熬。為甚麼留戀自己的青春容貌、體格？為甚麼怕生病、怕死？為甚麼在雷電交作、暴風雨來臨時會感到恐懼？為甚麼給人毆打損傷時會憤怒、反抗、或逃避？為甚麼害怕毒蛇、狼虎、蜈蚣、黃蜂、手槍、利刀？這一切心理，都基於「肉體長保」的慾望，我們要生存，要保護自己身體的健康和安全。

當秦始皇終於明白「萬壽無疆」的慾望決計無法實現時，他比平常人要痛苦得多，由於他的慾望也比平常人強烈得多。痛苦的強度和慾望的強度成正比，因為痛苦是慾望中產生出來的。慾望不能滿足，必然是痛苦。

生理機能和心理狀態之中，永遠有慾望依附。慾望糾纏你、折磨你、緊緊抓住你。每個人每天都在希望、祈求、等待，要做這件事，想得到那件東西，盼望那個人愛你。這一切心理，總的來說就是慾望。慾望是罩在人身上的天羅地網，人好像是魚兒入了網，不論怎樣掙扎，總是難以擺脫。

因此，五蘊總是跟慾望及煩惱結合在一起，在這樣狀態下的五蘊，佛家稱為「五取蘊」（舊譯「五受陰」）。生理組織加上慾望與煩惱的糾纏，稱為「色取蘊」，意思是說，肉體陷入了慾網苦阱，逃不出來。受取蘊、想取蘊等也是一樣。「取」的意思是「抓住」，肉體和意識給慾望抓住了，我們只能在慾望的波濤上起伏漂泊，難以自主，永遠上不了岸，所以叫做「苦海無邊」。

「四大」「六界」

佛陀說，人的生理組織由地、水、火、風四種東西所組成，還得加上兩種東西，一是「空」，一是「識」。「空」是空間、空隙，例如人身中口腔、胸腔、腹腔、胃囊、食道、氣管、肺泡等中的空隙，那當然非要不可，但空隙不是真正材料。「識」自然也屬必要，否則死人與活人沒有分別。地、水、火、風、空、識，六種東西合稱「六界」。

地水火風四種東西，是一切物質的狀態和性質。「地」表示物體的堅固性和延展性，「水」表示濕性和凝聚性，「火」表示熱性，「風」表示輕動性。地水火風四種東西合稱「四大」。四大並不是物質本身，而是「物質的狀態與性質」。但因為物質由它的狀態與性質顯示出來，物質本身和它的狀態性質不可分割，所以提到四大的時候，通常就是指物質而說。不過四大並不等於物質，這一點以後再加說明。

地水火風四大是不穩定的，互相混雜而不能嚴格劃分。熱水之中既有水性（水）又有溫度（火），熱水的溫度能增加或減少，水既能化氣（風），又會結冰（地）。所以，一切四大，都是無常。

人身由無常的東西組成，人身自然無常。無常就會痛苦。

「十二處」「十八界」

人的慾望從哪裏來？慾望由本能產生。

人的本能是求生存。嬰兒一生下來就會吃奶，不用學習，這是與生俱來的求生本能，是為了延續自己的生命。性慾也是本能，那是為了延續種族的生命，然而這是次級的，可以克制。飯就非吃不可。由於要生存，於是產生種種慾望。其中食慾最為重要。好奇、學習、求知等慾望都是後來發展的。

佛陀稱本能為「無明」。「無明」就是沒有明白真理。人一生下來，就認定了五蘊是我，天天為保持生命而掙扎。這場奮鬥，不論如何竭盡全力，最後一定以失敗告終。

慾望以本能為基本動力，而從對外界事物的感受和認識之中發展出來。一件從來沒有見到過、或聽到過、或嗅到過、或嚐到過、或觸摸到過、或在報紙電視廣告中見到過的東西，而自己又是根本想像不到的，那決不會對它發生慾望。

人的感覺器官共有六種：眼睛，耳朵、鼻子、舌、身體的皮和內外肌肉，這五種是生理器官，屬於色蘊；另外一種是對抽象概念的感受，屬於心理作用。近代生理學家認為心理作用由腦器官司理，也是生理組織的一部份。心理作用不能離開腦子，那毫無疑問，但單是腦細胞和神經的機械作用，決不能產生生命和一切精神現象。佛家認為意識作用固然依附於生理組織，然而真正管理意識作用的器官不是物質，是看不見的東西，不屬色蘊。

眼、耳、鼻、舌、身、意六種感覺器官，合稱為「內六處」或「內六入」，或「六根」，是得自外界的感覺資料進入人身內部的門戶。

內六處的對象，稱為「外六處」或「外六入」、或「六塵」、「六境」。眼睛所看到的一切形象，稱為「色處」，是「所看到的東西」之意。色處的「色」字，和色蘊的「色」字意義相同，都指「看得見的東西」，但色處和色蘊不同。

耳朵聽到的東西是「聲」，鼻子嗅到的東西是「香」（臭也算「香」的一種），舌頭嚐到的東西是「味」，身體所接觸到的東西是「觸」。意識所接受到的東西是「法」，如佛法、法律、方法，以及道德、習慣、學問等。抽象東西都是法。「外六處」基本上都是外界的東西，只有「腹如雷鳴」、「腹痛如絞」、香妃聞到自己體有異香之類，才是人身內部的。

內六處和外六處加起來，合稱「十二處」，其中眼耳鼻舌身五處屬色蘊，其餘七處不屬色蘊。

眼和色處接觸，產生了「見到」的認識，這種認識稱為「眼識」。單是「看」，如果沒有眼識，那是「不見」的，就所謂「視而不見」。眼識是心理作用，屬於「識蘊」。視覺器官和所視的東西兩者結合，產生眼識。眼處、色處、眼識三者相結合，就見到了。閉上眼睛，或者所視的東西上沒有光線照射，又或者「心不在焉」，三者缺一，就看不到東西。

耳與音接觸生「耳識」，鼻與香接觸生「鼻識」，舌與味接觸生「舌識」，身與物體相接觸生「身識」，意和抽象概念發生聯繫生「意識」。眼識、耳識等六種識總稱為「六識」。

內六處、外六處、六識加在一起，總稱「十八界」。「色處」與「色界」完全相同。好比一個人就省籍來說是廣東人，在國籍來說是中國人，同是這一個人。其他也是一樣，十二處與十八界中的前十二界相同。眼耳鼻舌身五界屬於色蘊，其餘十三界則不屬色蘊。

身體器官在不斷變動，外界事物不斷變動，認識作用更加變動得快，當真是「心念電轉」。由此而產生的喜怒哀樂種種情緒波動，自然難以安定平靜，最終使人痛苦。

自己的肉體和心理終究不能由自己控制。你叫肉體不可衰老，它不聽話；你叫自己的心不可哀愁，它不聽話，那真是無可奈何的事。

自己所不能控制、不能指揮的東西，終究不是屬於我的，那不會是我，不會是「真正的我」。

上面所說的，是佛陀教人正確理解人生真相、因而尋求解脫的第一課。

佛法第一課的內容都屬於常識範圍，並沒有甚麼困難。人生的無常與酸苦，中外古今無數哲人才士都曾體會到、吐露過。中國的詩文小說之中有數不盡的例子。

世上自然有「良辰美景，賞心樂事」，只不過「天下沒有不散的筵席」；此時春花似錦，美人如玉，「一朝春盡紅顏老，花落人亡兩不知」；去年是「月上柳梢頭，人約黃昏後」，今年卻是「不見去年人，淚濕春衫袖」。李白的詩篇道盡了天下無數人的感慨：「棄我去者昨日之日不可留，亂我心者今日之日多煩憂」，「抽刀斷水水更流，舉杯銷愁愁更愁」，總之是「人生在世不稱意」！

今日在西方國家頗受重視的存在主義哲學，說的主要也不過是人生沒有出路、沒有目的，因此整個生命就是一場荒謬。佛法中說「人生無常，是苦」，許多人都懂的。但佛陀教導中關於苦的根源，以及解脫的方法，卻是任何人所從來沒有覺悟到過的大發現。佛法有「四聖諦」，舉世的哲學家、詩人、小說家等等所能說得出的，只是第一聖諦——「苦諦」，也從來沒有人像佛陀那樣說得條理分明，直透入根本中心。

本來要了解佛陀的說法，應該並不是很難的事，佛陀對任何人都說法，不論是國王、大臣、富翁、貴婦，還是傭僕、奴隸，他都肯不厭求詳的教導。佛陀認為，一切人都是平等的，人人都有生老病死的痛苦，人人都有求解脫的權利。根據《阿含經》的記載，他的聽眾中包括牧牛人、練馬師、陶器工匠、老太婆、小孩子、農夫、農婦、家庭主婦、大盜、乞丐等等。如果他的理論十分深奧，道理非常複雜，如果他的話中包括大量抽象概念和專門名詞，好像後世佛學者們所說的那樣，這許多沒有甚麼知識的人又怎麼聽得懂，又怎麼能得到解脫？

但大導師在人世的生命是無常的。佛法也是無常。

佛陀逝世後，他的教導先由弟子們記憶與背誦，傳了數百年後記錄為文字，加上了許許多多不同的註釋和解說。佛弟子分為十八個或二十個部派（有的學者說可能有三十幾個）。對於佛陀的教導應當如何理解，各部派的分歧極大。事實上，正是由於大眾意見不同，發生爭辯，才發生分裂。分裂之後，爭辯的議論和文章更多，文章自然要寫得既長且深。求解脫變成了做學問，佛法在學者們手中變得越來越深奧玄妙。於是普通人被剝奪了通過佛法而得到解脫的權利。直到大乘興起，局面才起轉變。

《阿含經》

到底佛陀原來真正的教示是怎樣的呢？

不論是古代還是現代，不論印度、中國、日本、錫蘭（今斯里蘭卡）還是西方修行以及佛學者等學佛法的人，都同意一件事：四部《阿含經》（以及「小阿含經」中的某些經文）中所記載的佛陀言教，是最原始的，最接近於佛陀當時說法的真正內容。龍樹、提婆、無著、世親等大乘佛教大宗師的論著中，如果引述佛說，所謂「契經」，都是指《阿含經》。五部《阿含經》（南傳五部）記錄成文，已是在佛陀逝世之後數百年，在此之前，全靠佛弟子背誦而一代一代的傳下來。各部派的誦本內容頗有差異，經過歷代的傳寫翻譯，又不免有增減、改動，以至誤譯，經文的篇幅也有多少、長短之別。但基本上是相同的。

這五部《阿含經》，現代稱為原始佛教，或根本佛典。

各部派誦本的譯文保持至今的，只有南傳上座系銅鍱部的巴利文本五部經，以及漢譯的四部《阿含經》（「小阿含經」漢譯不全，也比較不重要）。漢譯所根據的是梵文譯本，其中《中阿含經》與《雜阿含經》是說一切有部的誦本，已找到梵文本的零星片段，對照證實。《增一阿含經》大概是大眾部誦本，而《長阿含經》大概是法藏部誦本，那只是多數學者的推測，並無具體證據。巴利文的五部經已譯成英文（全譯）、德文等西方文字。原本的梵文本或巴利文本其實也都是譯本，因為佛陀所說的既非梵語，也不是巴利語。所以，說是原始佛教，也並不怎樣原始。但總之是現存文獻中最可能接近原來佛義的最早記錄，除此之外，沒有更可靠、離佛陀時代更近的資料了。在印度許多地方發現了若干與佛教有關的石刻文字，既殘缺不全，又寥寥無幾，主要只有考古學與歷史學上的價值，對於了解佛義沒有甚麼幫助。

我們要想了解佛陀對一般普通聽眾的說法內容，只有到《阿含經》中去尋求。但這決不能以為大乘經不值得重視，而是說，大乘經是佛義在另一個角度下的發展，在整個佛法中有重要價值，比之《阿含經》的內容更豐富得多。《阿含經》的聽眾，主要是凡夫俗子，以及還沒有明白佛法初步道理的比丘弟子。大乘經的聽眾，主要是已經得道的阿羅漢、菩薩、大菩薩。如果作一個不甚恰當的比喻，可以說，《阿含經》是佛法的小學、中學課本，大乘經是大學課本。《阿含經》每個學佛者都應當讀，如果獨善其身，可以由此自求解脫，也可做社會工作而得重大成就。大乘經和律藏，則根據各人修學的不同科系，而選擇來分別作深入研究，以備在較大規模上為社會服務。至於小乘、大乘的各種論集，則是大學生、碩士班、博士班的參考書，有些極好，有些寫得不大好，未必對人人有用。

對於我們凡夫俗子、初學佛法之人，從《阿含經》着手似乎比較合理。

眾說紛紜

本文第一章中關於色蘊的簡單說明，是我根據《阿含經》而作的現代化解釋。

可是這樣的解釋，與古印度論師，以及中國佛教界的傳統見解有很大差異，與當代佛學者們的看法也不盡相同。

事實上，古印度論師、中國古德、當代學者三者之間，對於色蘊問題固然意見分歧，而論師與論師之間，古德與古德之間，學者與學者之間，也是看法大大不同，實在令人無所適從。如果在修學佛法的第一步上就走錯了，怎麼能期望以後走的是正路？因此這問題非徹底的弄個清楚不可。

可是找不到一本書或一篇文章可作根據。

佛學者們似乎認為色蘊的問題再也簡單不過，以致很少有人真正在這問題上花過心思和筆墨。小乘部派的學者們對「無表色」的問題爭論很激烈，但甚少詳細討論色蘊本身。大乘佛學不重視色蘊，一談到「色」，立刻便將話題帶到「空」上（「空宗」）或「識」上（唯識宗）。近代外國佛學者提到色蘊時，往往連一句完整的句子也不肯用，只是數字半句，真正是一筆帶過。可是這「一筆」，卻是大有分別的「一筆」。不可能每一位學者的「一筆」都是對的。因為他們用字雖少，分歧卻大。

《大乘廣五蘊論》

專門談五蘊的著作，以我淺學所知，似乎只有世親菩薩一部短短的《大乘五蘊論》，安慧菩薩加以廣釋，本論與釋論合稱《大乘廣五蘊論》（唐中天竺三藏地婆訶羅譯），其中談色蘊的部份兩論共約五六百字，近人蔣維喬加上了七八倍字數的註釋。

世親在小乘時，學綜有部、經部，著作極豐，號稱「千部論師」，所作《俱舍論》當時稱為「聰明論」，是小乘阿毘達磨論集的登峰造極之作；轉入大乘後，所作《唯識三十頌》，是唯識宗的重要經典，玄奘糅譯印度各家的註釋而成《成唯識論》，不論在印度或中國，影響都是非同小可。事實上，世親菩薩的兩部著作影響之下，在中國成立了兩個佛教宗派，小乘的俱舍宗，大乘的唯識宗。一身而兼小乘、大乘兩大宗派之祖，古今一人而已。（龍樹菩薩是中國大乘六宗共祖，不兼小乘。鳩摩羅什的譯作直接造成小乘成實宗和大乘三論宗的建立，然而他是翻譯而非撰作。）安慧是世親的弟子，唯識宗的大師。

以這兩位大士來解釋色蘊這樣簡單問題，應當是十分權威的了。事實上，中國佛教界對色蘊的觀念，主要都根據於這本書、或與此書所說類似的其他著作。大概大家覺得，這兩位大士的話哪裏還有錯的？對於其中明顯的矛盾不再深究。

《大乘廣五蘊論》中對於色蘊的解說，代表了古印度以及中國佛學界的主流看法，我們便從這部論典開始討論。

我從《阿含經》中關於佛陀所說色蘊的理解與《大乘廣五蘊論》（後文簡稱《五蘊論》）主要在六個問題上發生矛盾：

〔第一個問題〕色蘊是甚麼？

佛說：是活人的肉體。

《五蘊論》：是世界上的一切物質。

〔第二個問題〕四大是甚麼？

佛說：四大是物質的性質。於物質本身（自性）佛不置一詞。

《五蘊論》：四大是物質元素，就是物質。

〔第三個問題〕色處是不是屬於色蘊？

佛說：不屬色蘊。

《五蘊論》：屬於色蘊。

〔第四個問題〕聲處、香處、味處、觸處是不是屬於色蘊？

佛說：不屬色蘊。

《五蘊論》：屬於色蘊。

〔第五個問題〕有沒有精神性的「色」（無表色）？

佛說：沒有。

《五蘊論》：有。

〔第六個問題〕冷暖、飢渴、輕重等感覺，屬於五蘊中的哪一蘊？

佛說：屬識蘊。

《五蘊論》：屬色蘊。

這裏所謂「佛說」，其實是「筆者自己以為的『佛說』」。是不是真的佛說，還是筆者的理解錯誤，當然值得大大的懷疑。筆者這樣理解，是不是弄錯了，實際上成為「謗佛」？《阿含經》中有沒有充份的證據來支持這樣的理解？

我們來逐一研究上面所提出的六個矛盾。

＊＊＊＊＊

在開始討論之前，對於佛陀說法的基本態度，應當有一個明確了解。

佛陀說法，依聽法者的性格、修為、知識程度，而有種種變化，但所說內容集中於一點：怎樣解脫生命中的基本痛苦。所以佛陀說，大海只有一味——鹽味，他說的法也只有一味——解脫味。

別人向佛陀請教各種各樣的問題，如果是與解脫有關的，他不厭求詳的反覆解說；但如是與解脫無關的，他或者不答，或者指出所提問題不適當，在更多的情形下，他將討論帶引到解脫上去，總之是要使聽者得益。

《中阿含．箭喻經》中的比喻，常常為人所引用：

有一個人，一定要請佛陀回答，到底世界是不是永恆的，世界有邊還是無邊等等。佛陀說了個比喻給他聽：有人身中毒箭，求醫生醫治，但他堅持不可先拔箭，一定要知道射他的人叫甚麼姓名、身裁怎樣、相貌如何、屬於甚麼種族、住在甚麼地方；要先知道射他的弓是甚麼材料造的，弓弦又是甚麼材料，弓的顏色如何；要知道箭桿是竹是木，箭羽是哪一種鳥羽，箭頭是甚麼材料所製，製造箭頭的人叫甚麼姓名，身裁相貌如何，是甚麼地方人等等。這些問題還沒有查清楚，他早已毒發身亡了。佛陀說，當務之急是拔出毒箭，治毒療傷，其餘的問題都和治療傷毒無關。

佛陀不論在甚麼場合，在說法中提到任何事物，總是引導人走向解脫的正道，對於色蘊也不例外。他談到色蘊，決不會是向人教導生理學或心理學，更加不是物理學、化學、天文學、地質學或任何一門學問。佛陀這個立場堅定無比，因為他知道人命無常，不容許浪費時間和精力去討論與解脫無關的事物。

在研究色蘊問題之時，時時記着《箭喻經》的要旨，相信會有助於我們得到比較正確的看法。

佛陀出家時，他的獨生愛子羅睺羅還是個嬰兒。羅睺羅長大後，也出家去做佛的弟子。在羅睺羅十八歲那一年，有一天他跟在佛陀身後出去乞食。他看到佛陀莊嚴的體貌，心中充滿了愛慕的念頭，跟着想到，他自己的身體相貌也是一樣的英俊魁偉。佛家的記載中說：當父子兩人一前一後的行走時，就好像一頭御象後面，跟着一頭同樣莊嚴的小象；好像國王池沼中的一隻天鵝，身後游着同樣美麗的一隻小天鵝；好像御苑中的一頭雄獅，身後跟着一頭同樣極具威神的小獅。兩人都是金色的臉龐，都是出身於剎帝利階級的王子，都是捨棄了王位而出家修道。羅睺羅心裏想：「我也像我父親世尊一樣形貌英俊。世尊的身體相貌壯美之極，我也是一樣。」

佛陀心想：「羅睺羅這孩子在想甚麼啊？」跟着他就明白了羅睺羅心中的念頭，決定立刻好好教訓開導他。船底下一個小小的漏洞，能使一艘大船沉沒。羅睺羅這種愚蠢、虛榮的念頭，對於自己身體形貌愛慕染着的心情，非立刻驅除不可，否則的話，會使他墮落。（以上兩段文字譯自錫蘭英文版《佛經選譯．大羅睺羅經》的註釋，《法輪叢刊》三三期，頁二八、二九）

經文中說：

「於是世尊轉過頭來，對羅睺羅尊者說：『羅睺羅啊，色的所有一切，不論是過去的、未來的、還是現在的，不論是內部的還是外部的，粗大的還是細小的，美麗的還是醜陋的，遠的還是近的，以正確的智慧來如實觀察，都應當明白：這不是我，這不屬於我，這不是真正的我。』

「『是，世尊。只有色才是這樣的嗎？世尊。』

「『色是這樣，羅睺羅；受、想、行、識，也都是這樣。羅睺羅。』」（倫敦版英譯《中部》經卷一，頁九一）

羅睺羅聽了之後，不去乞食了，回到住處，坐在一株樹下打坐，沉思佛陀的教導，到得晚上，再去向佛陀請問。

佛陀進一步向他分析：人的身體由地水火風四種物質元素所組成，還得有空隙和心識，那就是所謂「六界」。腸胃肺肝之類是地，血髓淚汗之類是水，與消化、體溫有關的是火，呼吸之類是風。這四種元素的性質，與外界物質的性質並沒有甚麼分別，都是無常的，所以自己的身體並沒有甚麼可以值得自傲的。

經文說得很明白，羅睺羅對自己的肉體心生自滿，佛陀立即向他開導。色與受、想、行、識連在一起時，一定指色蘊，一定指自身肉體。

漢譯《增一阿含經》中與此相當的經文很簡短，只有兩句：「爾時，世尊右旋顧謂羅雲：『汝今當觀色為無常。』」（大正新修大藏經一二五．五八一）羅雲就是羅睺羅，譯法不同。

《雜阿含經》第二十三經、二十四經說的是羅睺羅去向佛陀請問，怎樣能破除各種錯誤見解。

佛陀說：

「羅睺羅！當觀諸所有色，若過去、若未來、若現在，若內、若外，若粗、若細，若好、若醜，若遠、若近，彼一切悉皆非我、不異我、不相在……」

「諸所有色……不相在」這段經文，在《阿含經》中反覆出現。《雜阿含經》共五十卷，我數到第七卷，從第二十二經到第一八六經，一共有二十四篇經用到這公式。可見這是佛陀在提到五蘊時所常用的解說。佛陀在菩提樹下得到大覺悟後，即到鹿野苑向憍陳如等五比丘說法，說四聖諦、八正道。第二次對五比丘說法，說五蘊無常、非我，便使用這個公式，記載這次說法內容的，南傳《相應部》是「五比丘經」，雜含是第三十四經。

佛說法四十五年（或說四十九年），基本上都不離開這個公式，所以明確了解這段經文是有必要的。我們這裏只討論與色蘊有關的部份，至於「受想行識，亦復如是」，則不屬本文範圍，雖然，色受想行識五蘊事實上不可分割。

一、「若過去、若未來、若現在，若內、若外，若粗、若細，若好、若醜，若遠、若近」這十一個形容詞，是佛陀對五蘊的「總解說」（雜含五八經稱之為「彼一切總說陰」，英文譯作 a group-definition of the groups，巴利文是 khandhâdivacana），可以適用於色受想行識每一個蘊，後來偶爾也用在眼耳鼻舌身意六處上。「若」是「或」的意思。以時間分是過去、未來、現在；以相對位置分是內外；以外形分是粗細；以價值分是好醜（玄奘大師在《大毘婆沙論》、《集異門足論》等論中譯作「若勝、若劣」，意思相同）；以空間或三世（過現未）分是遠近。這五組形容詞用在色蘊之上，與用在其他四蘊之上，解釋應當有所差異，物質的粗細和心理因素的粗細自然不同。

覺音在《清淨道論》中詳細說明，佛陀所以反覆使用「若過去、若未來、若現在」等十一個形容詞，真正意義不在對色蘊等下甚麼定義，而是教人在這十一種情況上分別思考：過去的肉體是無常的，所以不是我；未來的肉體也一定是無常的，所以不是我；容貌美麗，那是無常的，並不是真正的我……在任何情況下都是無常、非我。（巴利文協會英譯本，頁七三六——七三七；美國查巴拉公司另一譯本卷二，頁四八三）

「過去色、未來色、現在色」——每個人對自己的青春和健康都十分敏感，對疾病和衰老都會憂慮掛懷，這是認識生命真相的第一步。「少小離家老大回，鄉音無改鬢毛衰」，「樹猶如此，人何以堪？」昨日之我，非今日之我，這種無常之感，是最容易體會到的。傳說蘇東坡對他愛妾朝雲說了一句「門前冷落鞍馬稀，老大嫁作商人婦」（白居易《琵琶行》句），朝雲登時領悟到紅顏不可保，就此出家，那就是明白了佛說「過去、未來、現在」之色「無常、苦」的道理。

「內色」指身體內部的五臟六腑，雖然自己的腸胃等不可見，但總是可見之物；「外色」指身體外部的手足軀幹、眼耳鼻舌等。

「粗色」指肩背四肢等；「細色」指身體內部肉眼不可見的細胞、血球等。

「好色」是肉體中的美好部份；「醜色」是肉體中的醜陋部份。「遠色」「近色」依空間距離而分，用在自身肉體上，似乎不合適。我想可以解釋為三世的分別，遠色是前生或來世的肉體，近色是今生的肉體。佛陀在菩提樹下證道，首先見到他過去無數世中的生活。輪迴轉世的觀念，是佛法的基本支柱。

以上的解說，與傳統說法頗有不同。事實上，佛陀並未作進一步的說明，傳統解說只是各部派論師們自己的想法，各部派並不相同。小乘論師的解說，一般說內色是自己身體，外色是外界物體與別人。南傳上座部說遠色是遠處的物體，近色是近處的物體。有部則說遠色是過去、未來之色，近色是現在之色，這解說與過去、未來、現在色重複，很不妥善。近代錫蘭學者迦耶蒂萊凱（**K. N. Jayati lleke**）教授根據南傳傳統，說「細色」是身體內部的蛋白質、脂肪、碳水化合物等。（錫蘭《法輪叢刊》，一六二——一六四期）我以上所作的解說，自覺矛盾較少。事實上，佛陀的「總解說」用了十一個形容詞，主旨只是在說「所有一切」，對色蘊而言，是生理組織中所有一切器官，肌肉、骨骼、毛髮等等，並不需要將每一種東西和每一個形容詞準確配合。例如，遠近、內外等形容詞，用在受想行識四蘊上就不大可能，心理因素必定是在人身內部的。

二、「非我、不異我、不相在」，這問題十分艱深複雜，是佛學者的主要爭論題目之一，本文不能討論。暫時這樣解說：肉體並不就是真正的「我」，「不異我」應為「不屬我」，「我」和肉體不能互相脫離而獨立存在，肉體不是「我」的一部份，「我」也不是肉體的一部份。

談「色蘊」（二）

外物能不能屬色蘊？

活人的肉體是色蘊，那是沒有人異議的。但色蘊之中除了活人的肉體之外，是不是還可以包括其他的外物？如果把「若外」解說為外界的物體和別人，「若遠、若近」解說為遠處或近處的物與人，那麼「色蘊」自然不單指自己的肉體，可以包括世界上所有的物體。

但這樣解說有許多無法調和的矛盾，事實上不能成立：

一、佛陀不可能教人去詳細觀察外界的物質與別人而求解脫，相反的，佛陀十分反對把注意力分散在外界的事物上。也有過一些例子，當某一個弟子對美貌女子起了愛慕的念頭時，佛陀教他想像這個美女衰老了之後怎樣，死了之後屍體腐爛的景像怎樣，用以克制情慾。（《中阿含・苦陰經》）然而這只是偶然的例外，而且這種想像的目的，畢竟是對美女終於「不觀」，而不是「細觀」。

如果外物屬於色蘊，那麼天上的鴻鵠蒼鷹，樹上的芒果香蕉，遠處的麋鹿白兔，近處的紅花綠葉，以至頭頂的浮雲白日，身畔的蜘蛛螞蟻，自然都屬色蘊，不免甚麼都來「正觀」一番，那就不知道是在對佛法「善思念之」，還是在遠足旅行了。

二、佛家的修為功夫以禪定為主，打坐深思，如何能去觀察外物，觀察別人？研究外物的物理學家、化學家等等，決不能用禪定的方法來內觀自省而得到研究的結果。

三、色蘊一定與受想行識連在一起說，如果色蘊包括外物，受想行識也就包括別人的受想行識。然而如不使用近代的科學儀器，別人內在的心理活動是無法觀察的。觀察都不可能，如何「正觀」？雙目炯炯的去觀察別人的身體，也實在不大妥當。

有一種流行的說法，說佛學主要是心理學。如果心理學是指西方近代的心理科學，那麼這種說法有一個重大的不妥之處。西方的心理學是觀察、分析、研究別人的心理現象，在不能用人來做實驗的情況下，就用老鼠、猩猩、狗等動物來做實驗，目的是了解一般人的心理。佛家的內觀自省是認識自己的心理。這種內觀自省的結論，佛陀早已用法眼、慧眼、佛眼見到了的，他把方法告訴別人，教導聽者依法觀察自己的心理，因而得到同樣的結論。西方心理學家的工作，是從研究之中不斷累積知識，從少知到多知。在佛家，最後的知識早已確立，完全不必再繼續研究。如果將心理學上的真理比作一本厚書，西方心理科學的厚書中，只有前面幾頁中寫了字，其餘的是一片空白，學者的一切研究，在於希望能在這本厚書中繼續寫幾行字；佛家這本厚書卻早已由佛陀全部寫成了，佛弟子的一切修為，只是希望能讀通這本厚書而已。所以，佛弟子根本不必去觀察別人的心理狀態。

四、四阿含中，《雜阿含經》的經文最短、最零碎，因此也最近似是原始記錄。好像《論語》記述孔子的言論，也都是零零碎碎的短篇。雜含最初幾百篇經，極大多數是佛陀教人觀察五蘊，因而得到解脫。

例如雜含第一經：

「爾時，世尊告諸比丘：『當觀色無常，如是觀者，則為正觀。正觀者，則生厭離；厭離者，喜、貪盡；喜、貪盡者，說心解脫。如是觀受、想、行、識……』」

第四經：

「於色若知、若明、若斷、若離欲，則能越生、老、病、死怖……如是受、想、行、識……」

這些經文中的「色」，當然都是色蘊的簡稱。對於自己的肉體和心理能有正確的了解，能擺脫慾望的糾纏，是解脫生老病死大恐怖的第一步。外物與別人固然也都無常，但外物與別人無常，自己不一定因此感到痛苦。在凡夫俗子而言，對於敵人的無常只有高興，決不痛苦。也只有林黛玉之類多愁善感之人，才會因花謝花落而大灑眼淚。對於須彌山將來終究也會毀滅，恐怕沒有多少人會深切焦慮，「杞人憂山」。生老病死的大恐怖，主要出於對自己身體的關切。常人對至愛親人的疾病和死亡感到極大痛苦，但出家的比丘通常對親人的依戀是已經斷了的，否則不會出家。

五、佛陀說色蘊，又經常與「非我、非我所」相聯繫，教人認識肉體並不是真正的我，也並不是真正屬於我的東西。

人們常說：「金銀財寶是身外之物，生不帶來，死不帶去。」一切身外之物並不是我，那是誰都知道的，何用佛陀諄諄教導？如果一切外物都屬色蘊，是否有人見到一塊石頭、一頭牛，會誤會石頭就是我？我是牛的一部份，牛是我的一部份？如果真有這樣的人，佛陀不知要設計怎樣一種「方便說」，才能使這位仁兄明白他並不是牛。

佛陀曾明確的說，人身有「內身」、「外身」之分，《中阿含·因品念處經》說四念處，第一念處是觀察自己的身體，其中一段是：

「從頭至足，觀見種種不淨充滿，我此身中有髮、髦[毛]、爪、齒、粗細薄膚、皮、肉、筋、骨、心、腎、肝、肺、大腸、小腸、脾、胃、摶糞、腦及腦根、淚、汗、涕、唾、膿、血、肪、髓、涎、痰、小便。如是比丘觀內身如身，觀外身如身……」

這篇經文中，「觀內身如身，觀外身如身」這兩句，一共重複了十七次。雖然說的是內身、外身，但色蘊既等於身體，身體有內外之別，色蘊的「若內、若外」自然也可指內部的各個部份（心腎肝肺等），以及外部的各個部份（毛髮爪齒皮膚等）。所以色蘊的「若外」，未必如後世論師們所說那樣，以為一定是指外界的物質。

事實上，佛陀曾明確指出，外物並非色蘊。雜含第二六九經：

「爾時，世尊告諸比丘：『……譬如，祇桓林中樹木，有人斫伐枝條，擔持而去，汝等亦不憂感。所以者何？以彼樹木非我、非我所。如是，比丘！非汝所應者，當盡捨離，捨離已，長夜安樂。何等非汝所應，色非汝所應，當盡捨離，捨離已，長夜安樂。如是受、想、行、識……』」

樹木枝條是外物，與自己無關，別人砍下來挑了去，自己絲毫不會憂愁難過，誰都知道，樹枝不是自己色蘊的一部份。為了得到永遠的安樂，應當認識，自己的色蘊以及受想行識，其實也像外物一樣，並不是真正的我，那麼色蘊如有損傷，最後死亡，心中也不會憂悲傷了。

所以要努力把色蘊看作外物，因為色蘊事實上並不是外物。如果樹木枝條本來就是色蘊的一部份，佛陀這段教導變成了毫無意義。（在英譯《相應部》第二十二篇三十三經中，色蘊直截了當的就譯為「肉體」。）

佛家的書中常說：「見到了女子，年長的當她是母親，年紀相彷彿的當她是姊妹，幼小的當她是女兒，這樣就不會對她起淫邪之心。」（雜一一六五經：「若見宿人，當作母想；見中年者，作姊妹想；見幼稚者，當作女想。」）只因為這個女子事實上不是母親、姊妹、女兒，才要故意設想當她是母親、姊妹、女兒。如果她真的是母親、姊妹、女兒，自然根本不會起淫邪之心，不存在當不當的問題。

「眼……耳、鼻、舌……身觸緣，生身識，三事和合觸，觸俱生受、想、思，此四是無色陰，身根是色陰，此名為人……」（雜三〇六經）

這個定義說得很明白，受想行（上述經文中譯作「思」）識四者是「無色陰」，身根是「色陰」，五者相合，稱之為「人」（活人）。

《中阿含・大拘絺羅經》：「有三法生身死已，身棄塚間，如木無情。云何為三？一者壽，二者暖，三者識。」（中含二一一經）

活人身體有生命，有溫度、有心識，這是與屍體的差別。

覺音《清淨道論》十四章七五節中分析，色蘊的生起有四個條件：溫度、業力、營養、心識。這些條件對於木石泥沙等外物並非全部必要，人身卻非具備不可，否則活人的肉體不可能產生。

五蘊是指活人身體的五個組成部份，色蘊只指活人的肉體。一旦生命脫離了軀殼，身體變成了屍體，那就不是色蘊了。五蘊是一種活動的（dynamic）組合，不斷的互相發生作用。佛陀的教導中對這一節一再強調。

人死之後的屍體都不能算色蘊，何況木石泥沙？

在佛陀的時候，印度有許許多多不同派別的宗教和哲學，號稱有九十六種，其中主要的有六派，都和佛教不同，後世佛弟子稱之為「六師外道」。其中有一派「順世外道」，觀點與後代的唯物主義者大致相同，認為人的身體只是物質（當時都稱地水火風四大），人死之後，肉體就同一般物質無異，甚麼都沒有了，沒有轉世輪迴，也沒有因緣、罪福、業報；所以人生在世，儘管享樂好了，根本無所謂善惡的分別。佛陀非常反對這種主張，稱之為「斷滅見」或「斷見」。雜含一四九經至一六二經，說的都是各家外道的不正確見解，佛陀一一加以分析，說明為甚麼這都是錯誤的（經文中不詳載佛陀如何分析）。「順世外道」主張：

「諸眾生此世活，死後斷壞無所有，四大和合士夫，身命終時，地歸地、水歸水、火歸火、風歸風……」（雜一五六經）

佛陀教導：人身除了地水火風四大之外，還有空隙和心識。肉體雖為四大所組成，但並不就等於四大。人死後，屍體「地歸地、水歸水、火歸火、風歸風」，那是對的，但說「死後斷壞無所有」就不對。因為活人的肉體與死人的屍體不同，其間的不同，不在物質成份（一個人剛斷氣時，屍體的物質構造與生前無異），而是在活人的身體之中另有一些「看不見的東西」。這些「看不見的東西」，並非在人死之後也「斷壞無所有」的。如說身外物質屬於色蘊，就等於說：死人的屍體，屬於「活人肉體類」。

〔第一個問題〕的結論：

色蘊是活人的肉體，尤其是指聽法者自身的肉體。色蘊中有物質成份，但色蘊不包括身外的物質。

四大是甚麼？

「四大因、四大緣，是名色陰。所以者何？諸所有色陰，彼一切悉皆四大，緣四大造故。」（雜五八經）

佛說，色蘊中一切東西，諸如毛髮腸胃手足等等，都具有四大的性質，因為那都是四大所造成的。

四大的觀念，古印度人很早就有。地水火風四種東西，古印度人稱為「四大」，又稱「四大種」。他們認為世上一切物質都是由這四種東西構成的。地水火風是組成萬物的基本原料。四大種的「種」字，是根源的意思。這種樸素的思想為許多民族所共有。古代中國人有金木水火土五行之說，古希臘人也有地水火風四大元素的思想，但都較印度人為遲，性質也並不相同。中國人的五行說廣及人事和歷史哲學。

古希臘哲學家赫拉克里特斯（Heraclitus）認為火是萬物的基本元素，泰利斯（Thales）以水為基本元素（中國《管子》中也有這樣的說法），阿那克西美尼（Anaximenes）以風為基本元素，最後恩培多克勒（Empedocles）綜合眾說，以地水火風為四大元素。恩培多克勒活躍於公元前四四〇年前後，其時已是佛滅之後。在佛陀之前，古印度哲學家早已有這種說法，佛陀只是使用當時社會上流行的名詞而已。

四諦、五蘊、八正道、無明等重要名詞，據說是佛陀所創造的；至於一般性的名詞，佛陀並不多作更改，一來聽者不必在這些枝節問題上多花心思，二來佛法容易與群眾打成一片，所以他說：「我不和世間諍。」他曾教導眾弟子，要入鄉隨俗，印度各地方言複雜，比如這隻乞食的缽，各地名稱不同，當地叫作甚麼，就跟着他們叫好了。（雜三八經）對於四大，也是一樣。

名稱雖然相同，含義卻常有改變。這是佛陀常用的方法。印度一般人對婆羅門教的神祇普遍崇信，佛陀也不否定這些神祇，只是在說法中改變他們的身份，降低他們的地位，使這些神祇不再有降禍賜福、左右凡人命運的能力。對於四大，佛陀採用了類似的方法。

「四大皆空」

佛陀說四大，所強調是四大的無常性，重視四大的狀態和性質，決不認為四大的特性固定不變。對於物質持一種「動」的觀點，而不重視四大作為元素的作用。這與當時的其他哲學派別有極大不同。勝論師和順世外道都認為四大的性質固定不變。

《長阿含．世紀經．忉利天品》記載，佛陀借用當時印度人的神話，比喻四大的無常：

地神、水神、火神、風神，這四大天神都很驕矜自滿。地神以為地中只有地，唯我獨尊，沒有水火風。佛就向地神說法，對他說：「地中有水、火、風，但地大多故，地大得名。」地神聽法之後，開悟而皈依佛法，他知道水神還不明白這道理，於是向水神複述佛的教導，說明：「水中有地、風、火，但水大多故，水大得名。」水神明白後，二神同去向火神說法：「火中有地、水、風，但火大多故，火大得名耳。」火神也接受了，於是三神一齊去教導風神：「風中有地水火，但風大多，故風大得名耳。」風神聽後，也歡喜奉行。

由此可以知道，佛陀認為地水火風並不是單純而獨立存在的，每一大中都有其他三大混雜，那自然是不穩定的，能起變化的，無常的。四大本身尚且這樣，由四大所組成的萬物（包括肉體）自然更加無常了。所謂「四大皆空」，就是這個意思。

四大的性質既不穩定，事實上就不能作為物質的元素。元素的意義就是性質決不再變。

印度和希臘古代哲學認為物質的元素是地水火風四種。近代西方科學家認為物質元素有一百零二種。當然西方科學家的說法更為精密，分析更為準確。但如說一切物質的最後本質就是元素，則不論是四種或一百零二種，都是錯的。

佛陀說肉體的各個部份由地水火風四大組成，其實說的是肉體各個部份都具有地風水火四種性質。地是堅性和延展性，水是濕性和凝聚性，風是輕動性，火是熱性。錫蘭佛學家迦耶蒂萊凱解釋說，這是指物體的固態、液態、氣態、高溫狀態。我以為如說這是指能的各種不同形態，更合於近代物理學的觀念。「地」是「重力能」（gravitational energy）的表現，「水」是化學能，「風」是動能（kinetic energy），火是熱能。

佛陀並沒有詳說地水風火四種東西到底是甚麼。對物質的研究與求解脫無關，如果要說得與他以「天眼」所見到的事實比較接近，古印度的聽者決不會懂，徒然增加他們的惶惑。但佛陀的說法，以近代物理學的觀點來看，也完全沒有錯誤。當然，佛陀沒有像近代科學家那樣說得詳盡精確，站在求解脫的立場，那也完全是不必要的。

佛法並不是科學，但也並不排斥或否定科學。佛法和科學的目標、對象、功能完全不同。合於科學，不增加佛法的價值；不合科學，也不減少佛法的價值。正如「黃河之水天上來」、「白髮三千丈」等等詩句，不論是否合於科學，對於它文學之美都是無所增損。不過既然談到了物質，就以與科學相合為妥。因為對物質的研究屬於科學範圍。

從前的科學家以為，元素就是物質真正的本質。一切物質分析到最後只是一百零二種元素。但後來發現鈾有放射性，元素還能變，元素也是無常，元素是物質最後本質的想法只好放棄了。無常的東西不可能是本質。元素不過是物質處在各種比較穩定的狀態之下而已。在高等物理學中，金、銀和泥沙的中微子（neutrino）完全相同，只是在各種元素的原子中，中微子的排列和運動的方式不同。至於萬物的真正元素是甚麼？全世界科學家的答案是一致的：「不知道！」不論分子、原子、電子、核子、質子、中子、Q子（quark，夸克）以至最近丁肇中博士所發現的J子[1]，都不是真正的基本元素，還是可以再行分割。

近代大哲學家懷海德（A. N. Whitehead）、羅素（B. Russell）等認為，嚴格說來，根本無所謂「物質」，只不過是一件件的「事」（events）。

佛陀也不說「物質」，他只說「物質的現象和性質」。

關於物質的現象和性質，科學家和哲學家沒有爭論。但物質到底有沒有，物質的真正本質是甚麼，卻始終得不到定論。大多數物理學家和哲學家目前這樣主張：大概並沒有真正的物質，物質只是能的一種形態，物質與能可以互相轉換，原子彈是最大的公開證明；至於物質的真正本質，大概不屬於人的思想範圍。人的思想恐怕永遠無法接觸到物質的真正本質，就算有人接觸到了，他也決計不能用語言、文字、或數學符號來表示。「意會」或有可能，「言傳」則絕不可能。

物理學與化學只以物質的現象與性質為基礎，並不以無從捉摸、不知道究竟有沒有的物質本身為基礎。高等物理學和物理化學的研究，是在努力探索物質的本身，但所能接觸到的，始終只是物質的現象與性質。

用佛家的術語來說：物的現象是「相」，那是我們所能見到、聽到、嗅到、嚐到、觸摸到的具體形象，也即是「感覺資料」（sense data）。物的性質，是我們通過感覺資料而推想出來的抽象結論。至於物質的真正本質，則是「法性」或稱「真如」。

「法」的意思，在這裏指「一切事物」，因為佛家也和近代許多大哲學家的看法相同，事與物最後不可分。「法性」就是「一切事物的真正本質」。「如」的意思是「就是這樣」，英文中稱為 thatness 或 suchness，那是無法下定義的，不可解釋的，只能說「就是這樣」。「真正的就是這樣」，便是「真如」。「如來」的「如」，意義相同，說佛陀已明白了「真正的就是這樣」，我們凡夫俗子則是不明白的。大乘佛法的目標是要「成佛」，「佛」的意思是真正覺悟，那就是要得到和釋迦牟尼同樣的真正覺悟，能夠見到「真如」。

---

[1] 編按：一九七二至一九七四年，丁肇中博士帶領研究小組在美國布魯海文國家實驗室進行實驗，發現了第四種夸克(quark)，由於「J」和「丁」字形相近，丁肇中將其命名為J粒子，寓意是中國人發現的粒子。

佛家對於事物真正本質的看法，和當代物理學家以及大多數哲學家相同。分別在於：佛陀是知道了而認為不可說，近代學者則認為恐怕不可知。

四大不是元素，是性質

法性或真如不可說，可說的只是「物相」（現象）和「物性」（性質）。我們先說物性。

佛學書中談到地水火風四大，總是說到地的堅性、水的濕性等等。堅、濕、熱、動四種性質是抽象概念，不是實物。我們覺察到紅炭是熱的、熱水是熱的、太陽光是熱的、人的肌膚也是熱的。「熱性」的概念是人在心中形成的，想要拿一種東西出來，說：「這就是熱！」那就拿不出。拿得出的只不過是正在燃燒的柴枝、燒得火紅的鐵條等等。堅性、濕性、動性也是一樣。所以佛說肉體的各個部份由四大所造，真正的意義，是說這些部份分別含有堅濕熱動的性質。手腳腸胃等形態不大變動，以堅性為主；淚汗血涎等以濕性為主。然而每種性質都並非固定不變，鮮血流出人體後，過不了多久便凝結成塊，「水大多」的血液轉為「地大多」的血塊。佛對地水火風四神所說的就是這個道理。

《中阿含・分別六界經》記敍佛陀解說人的性質：

「今我此身有內地界而受於生，此為云何？謂髮、毛、爪、齒、粗細膚、皮、肉、骨、筋、腎、心、肝、肺、脾、大腸、胃、糞。如斯之比，此身中餘在內，內所攝堅，堅性住內，於生所受，是謂比丘內地界也。比丘！若有內地界及外地界者，彼一切總說地界，彼一切非我有，我非彼有，亦非神也。如是慧觀，知其如真，心不染着於此地界，是謂比丘不放逸慧。」

其後再說內水界是腦髓、眼淚、汗、涕、唾、膿、血、脂、髓、涎、痰、小便等等；內火界是熱身、暖身、煩悶身、溫壯身、消飲食等等（指體溫和消化，燃燒碳水化合物而產生熱能）；內風界是上風、下風、脇風、掣縮風、蹴風、非道風、節節行風、息出風、息入風等等（指呼吸、咳嗽、噴嚏之類）。（中一六二經）

這篇經文中反反覆覆的指出：

一、「內所攝堅，堅性住內」，「內所攝水，水性潤內」，「內所攝火，火性熱內」，「內所攝風，風性動內」。地水火風的根本，在於它們的「住、潤、熱、動」的性質。並不說四種物質元素構成了人類（水火風）的各個部份。

二、對「外地界」一言帶過，只表示外物與人體的物質性質沒有分別。

三、「彼一切非我有，我非彼有，亦非神也」，「心不染着於此地（水火風）界」。所謂「亦非神也」，指這一切「色」都不是真正的我，不可對自己肉體貪戀執着。

下面這兩段經文，我以為應當以上面所說的那樣來理解：

「四大因，四大緣，是名色陰。所以者何？諸所有色陰，彼一切悉皆四大緣，四大造故。」（雜五八經）

「諸所有色，彼一切四大，及四大造，是名為色不如實知。」（雜一二四九經）

「四大造」，是「由四大所造成」的意思。「因緣」是佛法的中心思想。雜五八經的主旨是說：四大是造成人體各部份的因和緣，因是原因，緣是條件。由於是四大所造，而四大的性質無常，所以色陰的一切部份也都無常。

雜一二四八經是佛陀向眾牧童說法（一二四九經複述說法內容），以牧牛為比喻，說你們牧牛有十一個要點，第一要點是必須認識牛的身體形貌；同樣地，要學佛法，第一步是認識自己的身體。

在「諸所有色，彼一切四大，及四大造」這一句中，如把「色」解釋為世界上一切物質，那並沒有錯，是符合事實的，一切物質都具有四大的性質。不過這並不是佛陀向眾牧童說法的原意。眾牧童不見得有思考世界上一切物質的興趣與能力，佛陀也不會教他們通過這種抽象的、高深的哲學思惟而去求解脫。

世親在《大乘五蘊論》中一開始就說：

佛說五蘊，謂色蘊、受蘊、想蘊、行蘊、識蘊。「云何色蘊？謂四大種及四大種所造色。」「云何四大種？謂地界、水界、火界、風界。……云何地界？謂堅強性。云何水界？謂流濕性。云何火界？謂溫燥性。云何風界？謂輕等動性。」（大正一六一二・八四八）

這段話粗看似乎一點也不錯，其實含有一個重要錯誤。

佛說：色蘊是四大種所造。

世親說：色蘊是甚麼？四大種，以及四大種所造的物質，就是色蘊。

世親是將佛陀的話倒轉了來說。幾何學中有一種簡單原則：逆定理不一定為真。邏輯中也有同樣原則，不過說法不同。單憑常識，也極易了解這個道理。比方說：「菜刀是鋼鐵所造，所以一切鋼鐵所造的東西都是菜刀。」那是明顯的錯誤。由此可以明白，「色蘊是四大所造」與「一切四大所造者都是色蘊」，兩句話的意義完全不同。

不過這個「以逆定理為真」的錯誤推論，並不是世親自己作的，他只是承襲了數百年來「根本說一切有部」早已確定了的傳統而已。

〔第二個問題〕的結論：

佛陀說四大，所重視的是物的性質，不是物的本身。四大的根本性質是無常，就是沒有固定的性質。

在梵文和巴利文佛學中，Rūpa 或 rūpa（色）這字主要有三種意義：一指色蘊（人的肉體），一指色處（物質的形象），一指物質。這「色」字指哪一種意義，不能一概而論，要看上下文而定。

我們認識物體，通過眼耳鼻舌身五種器官的感覺，認識抽象性的東西而在心中形成概念，則由意識負擔任務。物質本身到底是甚麼？我們不知道，所能知道的，只是物質的五種表面現象。由於人有五種感覺器官，才認識物的五種現象。如果人有十種八種可以認識外物的不同感官，所認識到的物相很可能也有十種八種。物的現象（phenomena），就是我們感官所得的資料（sense data）。

近代英國天文學家、物理學家、哲學家愛丁頓（A. S. Eddington）有一個有名的比喻：人的感官好比一張漁網，漁網的大小是一定的，網孔的大小也是一定的，所捕到的魚是各種現象，各種感覺資料。太大的魚捉不到，太小的魚從網孔中漏了出去，漏網之魚就不成為我們的感覺資料。並非世界上沒有大魚小魚，而是我們的五官之網捕捉不到。所以物質的現象未必就代表物質本身的全部性質。

我們看到桌子的形狀顏色（色處），用手指彈上去啪啪有聲（聲處），桌子的油漆有氣息，木桌有木材香氣（香處），摸上去堅實光滑（觸處）。沒有人吃桌子，所以桌子不成為人的味處。對於白蟻，木桌主要是味處，是舌的對象。人對桌子的認識，通過眼耳鼻身四種感官，舌不發生作用。對於人，桌子只有四類現象。

佛陀在《中阿含．分別六界經》中說：

「比丘！人有六觸處，此說何因？謂：比丘眼觸見色，耳觸聞聲，鼻觸嗅香，舌觸嘗味，身觸覺觸，意觸知法。比丘！人有六觸處者，因此故說。」（中一六二經）

「觸」是接觸（經文中「身觸覺觸」中的第四個字「觸」，是指「身體所接觸到的東西」）。因為人有六種感官，佛才說六觸處。其中眼耳鼻舌身五官的對象是物，意根的對象是事。

生理學家分析人體感官，除了五官之外，還有十幾種器官司理人體本身的生理性感覺。這些感覺比較不重要，例如平衡感、暈眩感、位置感等。這些感覺並非由直接接觸外物而得，對於認識外物也無幫助，所以佛學中不加理會。

人體有眼耳鼻舌身五種感覺器官，那是常識。中國古人也有相同的說法。《荀子．天論》：「心居中虛，以治五官。」註：「心居於中空虛之地，以制耳、目、鼻、口、形之五官。」「口」與「舌」相當。「形」就是「身」。「心」是意根，是五官的主宰。

人體的五官除了感覺之外，都另有別用。眼睛可以使眼色、做表情（橫眉怒目、眉花眼笑、白眼）。耳朵中的「半規管」是身體的平衡器。鼻子呼吸。舌頭說話。身體的皮膚有調節體溫、排泄廢物（出汗）、阻擋細菌等作用；肌肉的主要功能是收縮放鬆而產生行動。佛家所說的眼耳鼻舌身，只是指五官的感覺作用而言，別的作用不包括在內。再者，眼耳鼻舌都有觸覺，會感到痛；如果耳朵被扭，大感疼痛，在佛學中屬於身識，而不屬耳識。上顎也有味蕾，所以上顎如被假牙的膠片遮住，吃東西時會損失一部份味覺。佛家的所謂眼耳鼻舌身，其實是分別指視覺系統、聽覺系統、嗅覺系統、味覺系統、觸覺系統。有些佛學書中說：眼耳鼻舌身意內六處就是五蘊，眼耳鼻舌身等於色蘊，意處等於受想行識四蘊。實則眼耳鼻舌身的範圍比色蘊小得多，身處只是觸覺系統而已，並不等於整個身體。

色蘊之中，呼吸、循環、消化、排泄等生理系統都很重要，尤其循環系統，停止幾分鐘也不行。但佛都不詳加討論。因為這些系統在人體內的生理作用，我們大部份感覺不到，無法控制，不能成為求解脫的途徑，人生的基本痛苦非由此而來。佛決不「言不及義」，「義」是「解脫義」。

「有情」，人

許多佛學書在說到佛法中的生理和心理問題時，往往說的是「有情」而不說「人」。「有情」是有知覺、有情識的生物，即「眾生」，也即動物。佛家說眾生平等，普度眾生，某一個人的前生可能是畜生，來生可能又成為畜生。在某些情況下，普說「有情」含義較為全面。然而在討論蘊、處、界等問題時，似乎單是說「人」比較合理。因為畜生的生理組織與心理機能與人大不相同，關於內六處、外六處、六識的分析，不能普遍適用於一切有情。佛對比丘說：「比丘！人有六觸處者，因此故說「六觸處」。」如果佛對另一種有情說法，而該有情只有四觸處，佛自然只說四觸處了。

青蛙全身皮膚都有味覺，然而沒有甜的味覺，對於青蛙這有情而言，世界上沒有甜味，而牠的身識又包括了苦、鹹、酸的味覺。人生雖苦，總還有點甜的時候，「蛙生」卻有苦沒有甜，真正苦得很。蜻蜓眼睛的體積佔了頭部之半，由一千多隻極小的眼睛組成複眼。牛、馬、鸚鵡等有情的雙眼分置在頭部兩側，不像人的雙眼那樣一起放在前面，所以這些動物看出來的世界是平面的，牠們必須將頭搖來擺去，眼睛骨碌轉動，才能估計距離。每種動物所認識的物質世界，都由其感官的性質和能力而有不同。

牛有三萬五千個左右味蕾，人只有約九千個，牛的味覺比人強了四倍。牛吃來吃去只是草，味處太過簡單，然而牛所嚐到的青草味道，相信一定比人吃青草時的感覺愉快而豐富得多。人們以為「牛嚼牡丹」，暴殄天物；站在牛的立場，大概咀嚼牡丹其味無窮，或許會認為人只知觀賞牡丹之國色天香，而不知辨嚐其珍味鮮汁，才真正是暴殄天物。牛有四個胃，吃了青草之後，又吐出來反覆細嚼，如果青草的味道就如人所嚐的那麼單調無聊，黃牛水牛未必有興趣一再品嚐。

現象與性質

五官所收集到的感覺資料，只是物的現象。物的性質（物性）如何，要心智根據五官所得的資料，加以分析、比較、推理、綜合而得到結論，不能由五官直接認識。

一隻小鳥停在樹上長久不動，眼識見到的相是鳥棲於樹。心智根據過去的知識，卻知道鳥是會飛的，這隻小鳥所以不飛，不過是暫時不想飛而已。過了一會小鳥飛走了，眼識所見到的，也只這隻鳥飛翔的相，不會知道「凡小鳥都會飛」的「鳥性」。小鳥會飛的「鳥性」，要心智根據過去許多次經驗的累積，經過抽象的思惟作用才能認識。

物性也是無常的。鳥會飛的性質並非固定不變。某些鳥類如果吃得太多，體積太大，會漸漸不適於飛行，終於不會飛了，例如象鳥、鴕鳥、火雞。達爾文的進化論之所以能夠成立，物性無常是先決條件。佛家並不認為萬物自古以來就是這樣的。但物性的變化非常緩慢，有時需要數萬年以至數十萬年的時光，在人的一生中覺察不出來。所以在認識物性之時，可以假定它暫時不變。物相的變幻卻迅速之極。

同樣一個人，不論拍幾百張或幾千張相片，相片中的形象沒有一個相同，姿勢或臉上的表情總有一些細微差別。照相，照相，照的是「相」而不是人；所謂「人像」攝影，所「攝」的是人之「影」，是人之「像」。相片中的人是相，我們肉眼見到的真人，其實也只是真人的相。電影是每秒鐘將二十四張相片在觀眾眼前迅速移動，造成了真人在活動的錯覺。我們肉眼看真人，作用是一樣的，電影只是模仿肉眼看真人的過程而已。

物體的運動與物體本身不同。一隻鳥在飛，與此鳥棲在樹上的形象不同。同是一隻鳥，同樣一件物體，形象全然有異，其間的差別在於運動。「飛鳥之相」與「棲鳥之相」不同，「飛鳥之質」與「棲鳥之質」則相同。

「色處」不是物質

眼屬於色蘊。色蘊附有心識，是「能感」，能夠感覺的人，感覺的主動者，主體；色處是「所感」，人的感覺所及的對象，被人所感覺的東西，客體。只有當一個人見到自己的四肢軀幹之時，色蘊和色處才不可分，那是唯一的例外。對於愛照鏡子的小姐太太們，情況又不同了，自己真正的臉屬於色蘊，是物質；鏡中的臉屬於色處，不屬色蘊，不是物質。

眼睛所見到的東西都是色處，而所見到的東西之中，有許多顯然不是物質。例如樹影、水波、鏡中花、水中月、海市蜃樓、雨後彩虹等。

那麼樹、水、花、月應該是物質罷？樹、水、花、月本身是物質，眼睛所見到的樹相、水相、花相、月相卻不是物質。

談「色蘊」（三）

我們見到一棵樹，所見的其實不是樹的本身，而是光線射到樹上，再反射到我們的眼睛，通過眼球這透明而彎曲的透鏡，投射到視網膜上，視網膜中間的視紫素分別作不同程度的褪色，構成一個極細小的圖像。我們所見到的，只是樹所反射的光線所構成的圖像。也就是說，人眼所見的，是光線而不是樹。道理極簡單，如果沒有光，甚麼也看不見。

光不是物質。光是一種能的狀態，是一種波。人眼所能見的，只是所有光波中的一個極小部份，紅外線以及比其更長的光波，紫外線以及比其更短的光波，人眼都看不見。看不見的光波還是存在的。紅外線防盜裝置是一個簡單例子。盜賊黑夜裏走進裝置有這種設備的屋子中，眼前一團漆黑，一點亮光都沒有，可是他身體碰上了看不見的紅外線，立刻激發起電流反應，於是警鐘大鳴。X光比紫外線短，肉眼也看不見。

太遠或太小的物體所反射的光波，不足以在我們的視網膜上構成明晰的圖像，所以這些物體我們看不到。佛學書中常說，一碗純淨的清水，我們肉眼看來，除了水之外甚麼也沒有，佛卻說其中有「八萬四千蟲」。我們如通過顯微鏡觀察，果然可以見到清水中有無數微生物。

物理學上常用一個簡單例子來說明，為甚麼我們所見的其實是光而不是物體本身。光線透過一塊綠玻璃而照到紅紙上，紅紙就變成了黑色。紅紙本來所以顯得紅，由於它能反射紅光，綠玻璃隔去了紅光，紅紙沒有紅光可以反射，就成黑色。黑色是甚麼光都不反射。紅紙本身其實無所謂顏色，只是能夠反射紅光而已。我們所看的仍是這張紅紙，它的顏色卻因所射上去的光不同而起變化，因為我們所見到的，實際上是紅紙所反射的光，而不是紅紙本身。

眼不能直接及物

佛說六觸處，眼觸見色，眼一定要與一種東西接觸才能見色。所謂「觸」，是真正的碰到。眼睛看一座數十層的大廈，難道能將眼珠去碰大廈的每一個部份嗎？眼睛所接觸到的，是大廈所反射來的光波。

我們從照相機的取景孔中看一座大廈，看到的並非大廈本身，而是光線透過鏡頭，映在反射玻璃上的一個數吋高的「大廈形象」。眼睛見物的作用頗為相似。我們心中所以有數十層高的巨大形象，是心智根據過去的經驗而比例放大了的。

一根筷子插在盛有清水的玻璃杯中，由於水的折光作用，看上去是曲折的，將手指伸進水杯中觸摸，便知道筷子並非曲折。眼睛不能及物，只能及光；手指、身體才能及物。

看電影、看電視，所見的都是形象而不是物質。光透過電影膠片，投射在銀幕上，於是觀眾見到了種種形象。觀眾在銀幕上所見到的明星、山河、車馬，當然不是真正的物質。電視經由電磁波而將形象投射在熒光幕上，觀眾看到的自然也是形象，不是實物。所以知道這不是真人真物，在於觀眾事先有了知識，心中知道是看電影、電視，那是心智的作用。單就視覺而論，看真人是見到非物質的光圖形，看電影、電視也是見到非物質的光圖形，兩者在物理上並無分別。

一顆星如果和地球有十億光年的距離，那麼我們所見到這顆星，它的光是十億年之前發出來的。可能它在五億年之前早就已經毀滅，但它的形象仍在我們頭頂光明閃爍，還會持續五億年之久。夜晚仰視長空，眾星燦爛，其實萬物無常，其中有許多星早已不存在了。可知所見到的只是星光，而不是星球本身。

遠處的物體看來小，走近之後，物體漸漸大起來，退後再看，物體又小了。如果所見到的真是物體本身，物體又怎麼會忽然變大，忽然縮小？只有光所組成的非物質圖形，才會忽大忽小。用手觸摸，接觸到的才真正是物體本身，不論在甚麼地方觸摸，它的形狀大小不會改變。

不說一法　演說二法

眼與色處，是兩種對待的東西。佛陀說：

「我不說一法不知、不識而得究竟苦邊。云何不說一法不知、不識而得究竟苦邊？謂不說於眼不知、不識而得究竟苦邊，若色、眼識、眼觸、眼觸因緣生受，內覺若苦、若樂、不苦不樂亦復不說，不知不見而得究竟苦邊。」（雜二二三經）

「爾時，世尊告諸比丘：『當為汝等演說二法。諦聽，善思，何等為二？眼、色為二。耳聲、鼻香、舌味、身觸、意法為二，是名二法。』」（雜二一三經）

第一段經文的文字結構頗為複雜，用了兩個否定式，文義則是三重否定，原意是這樣：眼、色處，眼識、眼與色處的接觸，因眼觸而產生苦樂不同的情緒，這五種東西，如果你們只明白其中的任何一種，那是得不到解脫的（「得究竟苦邊」是到達了苦的盡頭）。意思是說：五件事都要明白，只明白一件不行。

佛法的根本是因緣，重視事物之間的相互關係，決不單說一物一事，所以佛要「演說二法」。

說到眼，必定與眼的對象色處一起說；說到色處，也必與眼聯繫起來說。世界上如果沒有光，眼睛毫無意義，所以深海底層的魚類沒有眼睛。對於盲人，顏色也全無意義。

色蘊是自身肉體，眼是色蘊的一部份。色處是外物的形象。佛陀明明說是「二法」，「眼、色為二」，色處不可能屬於色蘊，否則的話，「二法」變成了「一法」。（大乘經中所說的「不二法」是另外一回事。）

這些道理本來甚淺，要得到色處不屬色蘊的結論，也不用費上這許多筆墨，只是乘此機會，談一些與佛法有關的其他問題，希望能將某些觀念說得清楚些。

〔第三個問題〕的結論：

色處是眼睛所見到的形象，不是物質，不屬色蘊。

聲香味觸

聲處是耳朵所聽到的東西。物體振動，發出聲波，經由空氣或其他傳聲物的傳遞，聲波使中耳（鼓膜）振動，傳到內耳，於是我們聽到了聲音。人耳對聲波的感受也有一定範圍，每秒大約兩萬周波以上，以至二十周波以下的聲波，我們都聽不見。不屬這個範圍內的聲波都是「超音波」（或稱「超聲波」）。超音波是目前的熱門研究對象，在實用上有許許多多用處。狗的聽覺範圍比人為大，九十幾年之前，達爾文的表弟就已發明了狗哨，吹起來時，人聽不見，狗卻可以應聲而至。[2] 在佛學中，「聲」只指人聽得見的聲音而說。超音波是「聽不見的聲音」，那就不成為聲音，只能說是一種振動。狗哨所發出的振動，屬於狗的聲處，不屬人的聲處。如果談耳、聲而泛稱包括人與狗在內的有情，那就不很準確，除非某人有天耳通，聽覺比狗還要靈敏。然而有些有情是根本沒有聽覺的，螞蟻沒有耳朵，聽不到聲音在空氣中的共振，只能感覺到土地的震動，那是觸覺。

聲音是一種能，不是物質。

[2] 編按：一八七六年，達爾文的表弟法蘭西斯・高爾頓（Francis Galton）為測試動物的聽力而發明了狗哨子。

香氣是物體所散發出來的某些分子，接觸到我們鼻孔中的感受細胞，使感受細胞受到激動。香氣的分子是物質。但這些分子並不是就是物體本身的縮小。大量花香的分子聚在一起，並不成為一朵花。香氣可以說是物體派出來傳遞消息的代表。花香是花朵的信差，請蜜蜂過來傳送花粉，以便傳種接代，花蜜則是支給蜜蜂的酬勞，「無償勞動」在生物世界中也行不通。

香氣是物質，但並非物體本身的全部，只是物體為我們所感知的一種現象。

人對香氣的感受很易飽和，某種氣息聞得久了，嗅覺會遲鈍。「入芝蘭之室，久而不聞其香，入鮑魚之肆，久而不聞其臭」，就是這個道理。

滋味是物體的一部份分子，和我們舌頭及上顎的味蕾接觸，發生化學反應，因而為人所知覺。味的分子是物質。和香分子一樣，味的分子也只是物質的代表。不過味分子的代表性較強，大量糖分子和鹽分子聚在一起，和純糖、精鹽並無多大分別，因為純糖和精鹽本來是經過提鍊、和其他分子分離了的東西。我們吃甘蔗時味蕾所接觸的糖分子大量聚集起來，卻堆不成一根甘蔗。再者，食糖是白色的粉狀固體，由於是結晶體，所以微有閃光，這種現象非舌頭所能感知。滋味也只是物體的現象之一。

人的基本味覺有甜、酸、鹹、苦四種。辣是觸覺，淡是沒有味覺。「沒有味覺」不能算是味覺。許多傳統佛學書，例如《五蘊論》，說味處有甜酸苦辣鹹淡六種，不大準確。如說複合味覺，那就無窮無盡。安慧覺得世親只說六種味覺不甚妥善，加上一個「等」字。其實基本味覺只有四種，複合味覺則包括了大量嗅覺和觸覺在內，飲食時所得的感覺並非只是味覺。傷風時吃東西覺得沒有味道，因為嗅覺失靈。生理學家做過實驗，蒙上傷風者的雙眼，將洋葱和蘋果切成小粒分別給他吃，他無法區別。水果和果汁、嫩菜與老菜的滋味不同，主要在於給人的觸覺有異。

人的年紀增長時，味蕾分佈的範圍漸漸縮小，四種味蕾分佈的情形也有改變，所以，小孩喜歡吃糖，而大人有可能喜愛薑蒜和烈酒。味覺也是無常。

觸處才真正是物體的本身。身識（觸覺）是人身碰到了物體本身所得的感覺。

觸處就是物體，是所觸之處，是身體所接觸到的東西，是觸覺神經的對象，摸到一塊石頭，石頭是觸處；踢到一個足球，足球是觸處。觸處不是「接觸」（動詞），也不是「觸覺」（身識）。觸處簡稱為「觸」之時，容易引起誤會。

物體所給予人的觸覺，是堅硬或柔軟的壓力感，是冷或熱的溫度感，是輕或重的重力感，是光滑或粗糙，是各種各樣的形狀等等，也都只是物體的一種現象。人身碰到的是物體本身，所知覺的卻只是物體的一部份現象。

「物體本身」與「物體的現象」兩者不同。

白布或花布，唱片轉動時所發出的聲音是中樂或西樂，臭豆腐和普通豆腐的氣息，糖水或鹽水，這其間的差別，單憑觸摸不能辨別。

三十九種金屬，除了汞之外，閉了眼摸上去，都是冷冰冰的沒有甚麼差別。金和鎢的比重完全相等，銀和鉬相差極微，拿在手裏分不出輕重。鐵和鎳可以有極強磁性，非鐵金屬幾乎完全沒有磁性，這個差別更非觸摸所能知。

「瞎子摸象喻」（出於《長阿含．世紀經．龍鳥品》）大概是佛經中最普遍為人所知的比喻。瞎子就算仔仔細細的摸遍了象的全身，對於象的形狀有了整體的概念，但象的膚色總是摸不出來。

色處、聲處、香處、味處、觸處五者，分別表現了物體的一種現象，並不是物體本身。要認識物體，必須綜合這五種現象的全部或大部份，再加上過去所得的知識和經驗，才能認識。

但即使這樣認識了，心中對物體所構成的概念，是不是就是真正的物體自身呢？那實在難說得很。所謂「畫虎畫皮難畫骨，知人知面不知心」，表面現象易知，不由現象顯示的質素就極難知道。意根作抽象性的思考，是從五種直接所得的感覺資料之中，加上記憶系統中所積存的資料，再推求出一些間接資料出來。但思惟所得的結果，常常是靠不住的。

眼是甚麼？

佛說內六處、外六處、六識，只是教人除去妄見，得到解脫。智慧高的人請問如何破除妄見，佛陀欣然解答。智慧低的人卻認錯了目標，請問「眼」是甚麼？眼睛所見到的外物又是甚麼？《雜阿含經》中記錄了兩次這樣近於無聊的請問，都是「異比丘」提出的。「異比丘」是「某一個比丘」的意思，不一定是佛弟子，也可能是外道的比丘。所問的問題雖屬末節，尚非離題萬丈，也可由此帶入正題，於是佛陀耐心解答：

「比丘！彼眼者，是肉形、是內、是因緣、是堅、是受，是名眼肉形內地界。比丘！若眼肉形，若內、若因緣、津澤、是受，是名眼肉形內水界。比丘！若彼眼肉形，若內、若因緣、明暖、是受，是名眼肉形內火界。比丘！若彼眼肉形，若內、若因緣、輕飄動搖、是受，是名眼肉形內風界。

「比丘！譬如兩手和合相對作聲。如是緣眼、色，生眼識，三事和合觸，觸俱生受、想、思。」

（雜二七三經）

眼睛是有機物（肉形），有固定形狀，有眼淚，眼球內有水份，有溫度，眼珠能轉動、顫動，地水火風四種性質都具備。眼和色處相接觸，好像拍手發聲一樣，兩者相觸而生出了眼識，產生情緒、記憶、思想，這是因緣。佛陀詳細分析眼的物質性質，但對色處卻不絲毫描述，只說是產生眼識的因緣之一。經中記載說，後來這異比丘深思佛陀的教導，勤於修為，終於成阿羅漢。

另外一個異比丘問的問題更加囉唆：

「時，有異比丘往詣佛所，稽首佛足，退坐一面，白佛言：『世尊！如世尊說，眼是內入處，世尊略說，不廣分別。云何眼是內入處？』佛告彼比丘：『眼是內入處，四大所造淨色，不可見，有對。耳、鼻、舌、身內入處亦如是說。』

「復白佛言：『世尊！如世尊說，意是內入處，不廣分別。云何意是內入處？』佛告比丘：『意內入處者，若心、意、識非色，不可見，無對，是名意內入處。』

「復問：『如世尊說，色外入處，世尊略說，不廣分別。云何？世尊！色外入處。』

「佛告比丘：『色外入處，若色四大造，可見，有對，是名色是外入處。』

「……『若聲四大造，不可見，有對。如聲，香、味亦如是。』

「……『觸外入處者，謂四大及四大造色，不可見，有對，是名觸外入處。』

「……『法外入處者，十一入所不攝，不可見，無對，是名法外入處。』」（雜三二二經）

現代化的解釋

這段經文的現代化解釋，我想是這樣：

一、「眼是內入處，四大所造淨色，不可見，有對。」——視覺神經是物質所造成的，因為太過細微，所以肉眼看不見。視神經與光的接觸，會受到物質的阻隔。

雜二七三經中的「眼」，是指眼睛。這一段經文中的眼，顯然是指視覺神經。「眼」這個字，本來是包括全部視覺系統。大概第一個異比丘知識程度較低，問的問題也淺，佛陀於是向他說眼睛的構造，說地水火風。第二個異比丘是知識分子型，所問的近乎學問範圍，對於眼睛的構造等等應該早已知道，於是佛向他說五官的內部神經。從這兩種不同答覆之中，也可看出佛陀如何因材施教。兩個異比丘所問的內容相同，但提出的方式不同，顯得知識水準大有高下，如果給予同樣的答覆，那麼或者是第一個比丘茫然不解，或者是第二個比丘不感滿足。

視覺神經甚為細微，肉眼所不能見，但又並非精神作用，明明是物質，所以佛告訴他是「淨色」。「有對」、「無對」的問題，小乘各部派意見甚多，以後再加討論。我解釋為：五官與對象之間的接觸，會受到物質的干擾或隔斷的，是有對；兩者的接觸是物質所不能隔斷的，是無對。簡單的說，精神作用無對，非精神作用有對。

二、「耳、鼻、舌、身內入處亦如是說」——其他四種感覺神經，性質相同。說「身」不可見，自然是指觸覺神經而言。耳、鼻、舌、身與聲、香、味、觸之間的接觸，也都能為物質所隔斷。「鑿壁偷光」、「掩耳盜鈴」、「人皆掩鼻而過之」、「饞涎三尺」、「高不可攀」，都在於五官與對象之間有物阻隔。至於「隔牆有耳」，則由於牆壁太薄，牆上又沒有裝隔聲板。

三、「意內入處者，若心、意、識非色，不可見，無對。」——心、意、識（三者在佛學中，有時有區別，有時可以通用）不具物質性，看不見。意處與法處的接觸，物質隔不斷。想念萬里之外的人也可以，關山千萬重都阻擋不了，要見面卻難了，除非是夢中相見。夢，無對。

如果我們把「意根」解釋為「腦」，那當然是物質。但在佛法中，意識作用雖以腦為工具，真正的主體卻是心識而不是腦。心識是精神，不是物質。關於這問題，在以後談到受想行識時再詳行討論。

四、「色外入處，若色四大造，可見，有對。」——物體的視覺形象，依物質為根據而產生，可以見到，與眼的接觸能為他物所隔斷。

物質的形象並非物質，但如沒有物質作依據，卻也產生不出來。電影、電視都要先有真人真物，才能拍攝。要有真的城市，才能產生光的反射而在遠處現出海市蜃樓。必須在雨後或瀑布附近，空氣中有大量細微水滴，光線方能射上去而反射成彩虹的形象。要有真的一座大廈存在，我們方能見到光線從大廈反射過來，而在視網膜上構成大廈的光圖形。

五、「若聲四大造，不可見，有對。如聲，香、味亦如是。」——聲、香、味都是物質現象，以物質為因緣而產生，看不見，與耳，鼻、舌的接觸能破外物所隔斷。

六、「觸外入處者，謂四大及四大造色，不可見，有對。」——身體所觸到的東西，都具物質性，其現象以物質為因緣而產生，看不見，與身的接觸能被外物所隔斷。

色聲香味四處都是「四大造」，觸處卻是「四大及四大造色」，這其間的分別需要重視。觸摸到的東西必定是物質，所以加上「四大」兩字。色聲香味四處性質不同，沒有「四大」兩字。觸處作為物質的現象而言，和色聲香味四種現象的性質無別，所以五者都是「四大造」。同時，觸處作為現象而言，是「不可見」的。我們所觸到的東西，例如石頭、桌子等物，明明都是可見的，為甚麼佛說「不可見」？

每件物體分別以色聲香味觸五種現象為人所感覺到。石頭、桌子的色處現象只能為眼所見，觸處現象只能為身所觸知。這裏說的既是觸外入處，觸處現象是不可見的。

同樣的，唱片可見，樂聲不可見；白糖可見，糖的味處現象不可見。檀香、香粉可見，香處現象不可見。

每一種感官各有不同對象，五官的功能和作用不能越界。不在色處範圍之內的東西，儘管是物質，眼睛的作用卻及不上去，眼識不會生起，所以看不見。在沒有絲毫光線的暗室中，我們可以聽音樂，可以吃糖辨味，可以聞到檀香，可以摸到桌子，但沒有光，色處不存在，眼睛就甚麼都看不見。

這一段經文十分清楚的說明了物質現象與物質不同。色聲香味都是現象，觸處則有雙重性格，既是物質（四大）又是現象（四大造）。

經文中「淨色」、「謂四大及四大造色」兩處地方的「色」字，都是指物質。淨色是細微的物質。「四大造色」是四大所造成的物質現象及物質。色聲香味四處都是「四大造」，觸處卻是「四大造色」，多了一個「色」字，當是表示觸處有雙重身份，既是物質現象，又是物質。

七、「法外入處者，十一入所不攝，不可見，無對。」——一切概念，不屬眼耳鼻舌身，不屬色聲香味觸，是意內入處（意根）的對象，但與意內入處不同，因此不屬於十一入處的任何一入處。抽象概念不可見，它與意處的接觸，不受物質的阻隔。

從這段經文之中，可以見到佛陀的見解何等精到正確。這些知識與求解脫並無多大關係，所以本來是「世尊略說，不廣分別」的。但那異比丘一定要問，而這些問題還不算誤入歧途，世尊也就進一步的略加「廣為分別」。這次說法在當時並不重要，後世眾說紛紜，這段經文便可作為抉擇的標準，意義大增。那是因為我們後世之人太喜歡研究毒箭來源、習於捨本逐末之故。

「所觸一分」

《大乘廣五蘊論》中，世親在解釋色聲香味觸五處時說：「色、聲、香、味及觸一分。……云何觸一分？謂身之境，除大種，謂滑性、澀性、重性、輕性、冷、飢、渴等。」（大正一六一三．八五〇—八五一）其中「觸一分」這三字，很準確的表達了佛義。

《大乘五蘊論》另有玄奘的譯本，但不附安慧的廣釋。安慧的釋論中錯誤頗多，或許因此而為奘公所不取。奘譯《大乘五蘊論》中，將「觸一分」譯為「所觸一分」，意義更加清楚明確，表示是「作為感覺對象的那一部份」，「作為物質現象的那一部份」。（大正一六一二．八四八）

「一分」，是「一部份」的意思。因為觸處有雙重身份，既是物質，又是現象。作為「身之境」（觸覺神經的對象）之時，它是現象，所以要「除大種」，地水火風四大種（物質）不算，現象只是「觸處」內容的「一分」（一部份）。他舉了滑性等七種觸處現象的例子（可惜例子舉得不恰當），都是現象，並非物質。安慧釋論中說「已說七種造觸」，「造觸」兩字，當是指「四大造」之意，那也是很準確的。「觸一分」三字（「所觸一分」四字更好），「造觸」兩字，將物質與現象區別了開來。

既然物質與現象有別，既然色蘊是物質，而色聲香味觸五處都是現象，不是物質本身，那麼色聲香味觸五處怎麼可以屬於色蘊呢？雷聲、花香、苦味、桌面的光滑等等，又怎麼可以算是我們身體的一部份？只有咬自己指甲而辨其味，味處才是色蘊的一部份，但指甲如已咬了下來，與心識脫離聯繫，卻又不成為色蘊的一部份了。

慧遠與鳩摩羅什的問答

對我國佛教影響最深最大的高僧，是鳩摩羅什、慧遠、玄奘三位大師。東晉的慧遠大師在廬山結蓮社，提倡念佛，淨土宗推為初祖。他學識淵博，道德崇高，對佛法的修為也極深湛。當時譯成中文的佛教經論還不很多，慧遠大師對佛理中的許多難題無法解決，曾一再寫信到長安去向鳩摩羅什請教。什公盡其所知答覆。兩位大師書信往來，研討深義，實是世界文化史上難得的佳話。這些通信大半已經佚失，現在保存下來的有《大乘大義章》三卷，一共是十八個問答。

雙方通信開始於公元四〇六年，其時遠公約七十三歲，什公約六十三歲。兩位大師固然精研大乘佛法，對小乘的阿毘達磨也了解甚深。什公於說一切有部出家，不必說了。遠公在廬山主持《阿毘曇心論》的翻譯。湯用彤先生《漢魏兩晉南北朝佛教史》中有一節敍述慧遠大師在廬山宏揚阿毘達磨，結論說：「則毘曇學之大興，實由於慧遠之徒眾也。」（頁三五三—三五六）

阿毘達磨中將色蘊與色處混而不分，遠公覺得其中大有矛盾，寫信向什公請教，是十八問答之一，可見對遠公而言，這是佛法中一個相當重要的問題：

「遠問曰……水月鏡像，色陰之所攝不？若是色陰，直是無根之色，非為非色，何以知其然？色必有象，象必有色。若像而非色，則是經表之奇言，如此則阿毘曇覆而無用矣。

「什答曰：經言一切所有色，則是四大及四大所生。此義深遠難明，今略敍其意……身根所觸，審有所覺，凡夫之人身所覺事，以之為實……是故身所覺法，名為四大。若問身根所覺有十一事，何故但說四法為大也？答其餘七法，皆四大所攝，四大為根本，是其氣分耳。輕重是覺分，堅是相密，若分散則為輕物，若集之則為重物……若如是分別，四大氣分，乃應無量，如長短此彼粗細方圓燥濕合散等，皆可以身根覺知，何止七事耶？佛是一切智人，是故但說四大色，及四大所生色……是故水月幻化等，是可見色，而佛法為度眾生故，說水月鏡像影響炎化喻等……如幻化色，雖是不實事，而能誑惑人目，世間色像亦復如是。是以過五百年後，而諸學人多着於法，墮於顛倒，佛以幻化為喻，令斷愛法，得於解脫，是故或時說有，或時說無。凡夫人無有慧眼，深着好醜粗細等，起種種罪業，如是何得言無耶？佛說一切色，皆虛妄顛倒不可得，觸捨離性，畢竟空寂相。諸阿羅漢以慧眼、諸菩薩以法眼，本末了達，觀知色相，何得言定有色相耶？諸佛所說好醜此彼，皆隨眾生心力所解，而有利益之法，無定相，不可戲論。然求其定相，來難之旨，似同戲論也。」（《大乘大義章》卷中，大正一八五六．一三一——一三三）

在一千五百七十年之前，縱以遠公、什公的大智大慧，對於物理學上光波反射、眼睛見物原理等等，自也無法了解。西方科學家明白這些道理，只是近一百多年來的事，何況也不是全部已經了解。物理學不是佛法，遠公、什公懂不懂都沒有關係。他們兩位的問答很長，這裏只摘引一小部份，其中表示遠公覺得這樣的立論十分奇怪，簡直是「阿毘曇覆而無用矣」。

什公以他的睿智，說明了幾個要點：

一、小乘論師以「法」為實有，那是顛倒之見。「過五百年後」的「諸學人」指小乘論師，什公認為他們是凡夫，沒有慧眼。

二、在世俗境界中，能觸摸到的東西才是物質（四大）。水中月、鏡中像等不是物質，只是現象，是可見的色處。但以本體而論，則不論物質或現象，那都是無法求得其真正本性的。

三、物質的本體是性，「不可得」。物質的現象是相，沒有一定。小乘論師說物質的現象只有輕重，澀滑、冷暖等七種，是錯誤的，物質的觸處現象是「無量」的，不能說只有七種。

四、物質疏離則輕，密集則重（與物理學上密度的解說完全符合），那只是物質的現象，不是本質。色（物質）的象（現象），並不是本質，現象是有的，但不固定。所以不能說沒有現象，也不能說有固定不變的現象。

五、各種物質現象，根據眾生的認識而得。眾生認識的能力不同，主觀不同，所見到現象也有所不同。如想尋求物質現象的固定性，是一種妄自推測的、與佛法無關的、錯誤的議論。

〔第四個問題〕的結論：

聲處、香處、味處、觸處都不屬色蘊。

「共性」與「特性」

《大乘廣五蘊論》（下簡稱《五蘊論》）為色蘊下定義說：「云何色蘊？謂四大種及大種所造色。云何四大種？謂地界、水界、火界、風界。此復云何？謂地堅性、水濕性、火暖性、風輕性。

「云何四大所造色？謂眼根、耳根、鼻根、舌根、身根、色、聲、香、味及觸一分，無表色等。」（大正一六一三．八五〇）

世親以「逆定理必定為真」的推理，將「四大種及大種所造色」都歸為色蘊，在第三章中已討論過了。他跟着又作了一個不合理的推論，將內五處、外五處混而不分，通統歸之於色蘊。

這個「造」字，含義是很廣泛的。直接造成是造，間接影響而造成也是造。衣服、房屋是人造的，法律、制度是人造的，牛馬之所以成為家畜是人所造成的，痛苦和解脫是人自己所造的，這四種「造」，性質各不相同。再者，也不能將從同一根源所造成的種種東西全部歸於一類，那是常識性的問題。譬如說：人的身體由肌肉、骨骼、血液、神經等造成，牛的身體也由肌肉、骨骼、血液、神經等造成，所以牛屬於人類。但「人類」兩字之中還具有其他的特定內容，例如，能使用工具，兩隻腳直立行走等，非牛類所有。在分別人類與牛類之時，標準不在兩者共同具有的「共性」，而在兩者不同的「特性」。

凡是生物，都具有能分裂生長的細胞，這是生物的特性，人、牛、樹木都具有，所以都是生物；石頭，黃金不具有，不是生物。生物之中，凡是動物，都有神經系統，都能自由移動身體，這是動物的特性，人和牛都具有，所以都是動物；樹木不具有，不是動物。動物之中，凡是人，都兩隻腳直立行走，能使用工具，這是人的特性，所以男人，女人都是人；牛不具有，不是人。人之中，凡是男人，都具有男性的生殖系統，這是男人的特性，李白、梅蘭芳都具有，所以是男人；李清照、楊貴妃不具有，不是男人。男人之中，有人姓李名白，唐朝詩人，這是李白的特性；梅蘭芳不姓李名白，不是唐朝詩人，所以梅蘭芳不是李白。

梅蘭芳和李白都具有生物、動物、人、男人的共性，但兩人姓名不同，時代不同，從事的藝術不同，根本是兩個人，雖有許多共同之處，畢竟不是同一個人。

同樣的，凡和佛陀所說教義有關的，屬於佛法，這是佛法的特性，五蘊、內六處、外六處是佛法；外科治療法、油畫畫法、作曲法、香水製造法、烹調方法、盲人讀書法、民法刑法都是法，但不是佛法。佛法之中，凡四大所造的，都屬「四大所造」類，五蘊中的色蘊，內六處中的眼耳鼻舌身，外六處中的色聲香味觸，都為四大所造，屬「四大所造」類；受想行識四蘊，及意處、法處非四大所造，不屬「四大所造」類。「四大所造」釋之中，凡是活人肉體之全部或一部份，都屬色蘊，眼耳鼻舌身內五處是活人肉體的一部份，屬色蘊；色聲香味觸外五處不是肉體的一部份，不屬色蘊。

這樣的分類，全部根據於《阿含經》中的記載，簡單明確，極易了解。因為佛陀當時說法，也是簡單、明確，絲毫不混亂含糊，即是知識程度甚淺的人，也很容易了解。一切混淆，都是後人造成的（這裏的「造」字，又有了另一種意義）。

世親將色聲香味觸外五處歸於色蘊，出於邏輯上一個簡單謬誤：

A類屬於B類

C類也屬於B類

所以：C類屬於A類

可是，A類、B類、C類三者雖然都具有某種共性，A類的特性卻不一定為C類所具有。這完全等於：「人是動物，牛也是動物，所以牛屬於人類」的推論。

不能由於佛陀說過「色蘊是四大所造」，又說過「色聲香味觸是四大所造」，就將色聲香味觸都歸於色蘊。人身是四大所造，石頭也是四大所造，豈可因此而將石頭歸於人身類？只能說：人身和石頭都是「四大所造」類，色蘊和色聲香味觸都是「四大所造」類。

再者，色聲香味四處，只是「四大所造」（《阿含經》明文可證），而不是世親所說的「四大所造色」。這裏的「色」字如作「物質」解，那麼色聲兩處都是現象，不是物質；如作「可見的東西」解，那麼聲香味三處都不可見（《阿含經》明文可證）。這其間的混亂和矛盾是不可解決的。

******

《五蘊論》中又提到了「無表色」。「無表」的梵文原文是avijñapti，字面的意義是「不表示出來的」。《五蘊論》認為這種物質也屬於色蘊。如果「無表色」的意義是指人體內部的細微物質，為肉眼所不能見，那自然完全成立，例如細胞、血球、血液中的脂肪分子等。但《五蘊論》說的無表色，是一種「精神性的物質」。世親說：

「云何無表色等？謂有表業、三摩地所生、無見無對色等。」

安慧對上面這句話這樣解釋：

「有表業者，謂身、語表，此通善、不善、無記性。所生色者，謂即從彼善不善表所生之色。此不可顯示，故名無表。三摩地所生色者，謂四靜慮所生色等。此無表色，是所造性，名善律儀、不善律儀等，亦名業，亦名種子。」（大正一六一三・八五一）

這兩段話的意思說：人的行動和言語，顯示於外，是「有表」。行動和言語造成善的或不善的細微物質，藏在人身內部，並不顯示於外，那是一種無表色。人在禪定之中，可以產生某種物質，具有善或不善的制約作用，那是另一種無表色。這些不可見、物體所不能阻隔的無表色，是人的行動言語或禪定所造成，與該人動機的善惡有關，又名「業」，又名「種子」。

「無表色」的「色」字，如作「物質」解，那麼是一種「非物質的物質」，如作「可見形象」解，那是一種「不可見的可見形象」。語意中未免矛盾太大。

談「色蘊」（四）

「業」是佛家各宗都說的，是佛法中一個重要概念。「業」伴附於人，對人的今生來世發生重大影響，然而是看不見的，屬於心識的範圍。「種子」是唯識宗所說的，藏在第八識之中，也屬於「識」的範圍。跟「色」拉得上甚麼關係呢？人死後帶業往生，難道所帶的業中，有一些「色」混入，由於「無表」，因而得能過關，不被察覺嗎？

唯識宗認為物質唯有色相，並不真實存在，一切都是「唯識所變」（或譯「唯識所表」）。那麼，無表色是「唯識所變的、沒有現象的現象」，是業、是種子，除了是意識的一部份之外，還能是甚麼東西？「種子」如果是「色」，第八識中忽然混進了一些「色」，雖然無表，似乎總也不大妥當。

《成唯識論》的解說

《成唯識論》是解釋世親所作《唯識三十頌》的，論中說得很明白：「表既實無，無表寧實？然依思願善惡分限，假立無表，理亦無違。謂此或依發勝身語善惡思種增長位立，或依定中止身語惡現行思立，故是假有。世尊經中說有三業，撥身語業豈不違經？不撥為無，但言非色。能動身思說名身業，能發語思說名語業。審決二思意相應故、作動意故，說名意業。起身語思有所造作，說名為業。」（大正一五八五・〇〇四─〇〇五）

這段話意思說：看得見的物質尚且不是真正的存在，看不見的無表色怎麼能是實有的東西？但為了要說，有一種東西能夠促成或善或惡的思想和意願，那麼假設有一種無表色，道理也說得通的。這種無表色，或者是促進或善或惡動機的種子，由於動機之或善或惡，便產生或善或惡的行為言語；或者，由於禪定的節制作用，能制止惡行為、惡言語發作出來，因此，那其實是假設的東西。有人提出反對：世尊經中說有身業、語業、意業三種業，你們卻說沒有身業、沒有語業，只有意業，豈不是違反了經中的記載？論主答覆說：我們並不是說沒有身業、語業，只是說身業、語業並不是色。心中發動行為的動機，稱為「身業」，發動言語的動機，稱為「語業」。意識與「思考」、「決定」兩種思想作用有關，下令採取行動，所以稱為「意業」。因為是行為與言語的動機所在，由此而產生實際的行為言語，所以稱它為「業」。

行為看得見，言語聽得見，促成行為言語的動機和思想則看不見、聽不見。業力只和動機思想有關。行為和言語是現象，卻不是業。身業，語業才是業。身業、語業的根源在於意業，因此真正的業是意業。論中說得十分明白，業是在意識，也即無表色是在意識之中。

論中說「世尊經中說」如何如何，都是指《阿含經》。古印度佛教各派的論師們辯論，都引《阿含經》以支持己說，誰的主張明顯不符合《阿含經》中所載的「世尊說」，自然就敗下陣來了。

《成唯識論》中這一段文字道理通達，解說清楚，從唯識宗立場來說，實是無懈可擊。玄奘大師顯然不喜歡說「無表色」，只說「無表」，雖然指的是無表色，但這「色」字可省則省。

簡單的說，唯識宗認為無表色就是：「動機，或心理上的節制力」。

動機是做好事或壞事、說好話或壞話的積極推動力量，好比汽車的發動機；節制力是制止惡行惡言的約束力量，好比汽車的制動器（煞車）。「律儀」是「紀律、戒律」的意思，也即是約束力。一切或善或惡的言行都由動機產生，另一方面，或善或惡的行為做了、言語說了之後，也能增加種子向着或善或惡方向發展的力量和慣性，做過一次壞事之後，第二次再做便容易了些。這好比汽車的電池。電池發電開動汽車，汽車行駛之時，反過來不斷向電池充電，增強電池中所蓄的電力，同時電池又不斷輸出電力，生出火花，使汽車保持行駛。唯識宗中，對這種作用稱為種子和言行的互相「薰習」。

動機和心理上對言行的節制力，當然是精神性的「識」，不是物質性的「色」。《成唯識論》說得十分明確：「假立無表」，「不撥為無，但言非色」。唯識宗肯定無表色為心法，是精神性的。

《大般涅槃經》中有一段話，對無表色解釋得相當清楚：

「佛告迦葉菩薩……我時語言：『菩提王子！戒有七種，從於身口，有無作色。以是無作色因緣故，其心雖在惡無記中，不名失戒，猶名持戒。以何因緣名無作色？非異色因，不作異色因果。』善男子！我諸弟子聞是說已，不解我意，唱言佛說有無作色。」（卷三十四，大正三七四．五六八）

「無作色」是「無表色」的舊譯。經文意思說：業決定於心中的意識。是不是破戒，則以實際的行為與言語作根據。雖然起了惡心，但只要沒有惡行惡語，就不算破戒。一個人受了戒，心中就有一種對身體言行的約束力量，這種約束力量和言語行為（表色）的因果是一致的，所以稱之為「無表色」。但諸弟子以為這是具體實有的物質，就誤會佛的原意了。

《大般涅槃經》的解釋，和《成唯識論》大致上是一致的。

〔第五個問題〕的結論：

精神領域中只有「識」，沒有「色」。

＊＊＊＊＊

不似大乘之論

以世親、安慧這樣智深學博的論師，不可能在這些並不如何複雜的問題上弄錯。那主要因為，這些混亂並不是他們所造成的，而是承襲了傳之已久的小乘說一切有部的觀念。宗教界的傳統具有極大力量，要反對一個數百年來的定案，着實不是容易的事，決不像我們今日那樣，稍有異議，即可筆之於墨，又在白紙上印成黑字。

意識中有「色」，佛教的任何宗派本來都不容許（除了有部之外，其他小乘各部派都不承認無表色），但與唯識宗的基本立場矛盾最大。我相信世親這部《大乘五蘊論》其實是他在小乘時期所作，「大乘」這兩個字是後來轉歸大乘之後加上去的，更可能是後人（例如安慧）所加。《大乘五蘊論》關於五蘊的敍述與分析，與世親在小乘時期的巨著《俱舍論》無甚分別，對於心、心所法的分析，兩者異常接近。《大乘五蘊論》雖號稱「大乘」，但其中不提菩薩；不提六波羅蜜多；除了第一句「佛說五蘊」之外，全文無第二個「佛」字，只說阿羅漢等四果，不說佛果；不說普度眾生，不說十地，不說三身、三性。大乘唯識思想的主要特色完全沒有。雖然也提到了阿賴耶識和種子，但阿賴耶和種子的名稱，在小乘部派的論典中也早已有了。《阿含經》中也有，不過和後來唯識宗所說的含義不同。（德國《印度哲學史》作者弗勞瓦爾納〔Erich Frauwallner〕認為世親有兩人，小乘論和大乘論的作者只是同名，並非一人。然所說論據不足，似難成立。）

或者有人會覺得，唯識宗認為一切物質都是假的，都是識所變現，反正甚麼都是假的，假中有假，多說一種無表色，又有甚麼不可以？

我相信不可以。唯識宗認為外物是假的，只有「識」才是真正實有，所以被稱為「有宗」。識是一切現象的根本，「唯識」兩字就是由這基本立場而來。無表色存在於第八識中，那就是在真實的本體之中，攙雜了一點點假東西，「唯識」變成了「唯『識加無表色』」，雖然所攙的假東西不多，本體總是不純了。本體不純，就有不成為本體的危險。所以，如說外界有無表色，倒也不妨，說業和種子就是無表色，卻動搖了唯識宗立論的整個基礎。只有認為《大乘五蘊論》是世親在轉入大乘唯識宗之前的舊作，那才說得通。事實上，在《俱舍論》中，世親已明顯表示不贊成有無表色。那麼，《大乘五蘊論》的寫作甚至還早於《俱舍論》，也是有可能的。

無著的主張

無著菩薩所作《大乘阿毘達磨集論》中關於五蘊的解說，與《五蘊論》並無多大差別，那都是源自小乘有部的阿毘達磨。但對於唯識宗的立場，無著可站得很穩了（歐陽竟無認為：無著是法相宗，世親是唯識宗，兩兄弟的學說不同。章太炎極力贊成。其實無著、世親之學相異處甚少，不宜強分之為兩宗。）無著顯然認為，將無表色說成是意識中的業和種子是大錯，所以認為無表色是外界的東西，稱之為「法處所攝色」。法處是意識的對象，無表色在外不在內，不損害唯識宗的基本立場，自然比《五蘊論》合理得多：

「何等法處所攝色？有五種應知，謂極略色、極迥色、受所引色、遍計所起色、定自在所生色。」（大正一六〇五．六六三）

這五種法處所攝色是甚麼，不大清楚。

梁啟超〈說無我〉一文中，對此曾有一些解說：「四大種指物質，四大所造色指物質之運動，此二者不容混為一談，最近倡相對論之哀定登 A. S. Eddington 已極言其分別之必要……極略、極迥，皆極微之意。『極略』謂將木石等有形之物質，分析至極微。『極迥』謂將聲光等無形之物質分析至極微，甚與現代物理學所分析相似矣。」（見《佛學研究十八篇》）。文中沒有提「受所引色」，或許由於這名詞極難解說之故。

這些說法很難令人同意。四大所造色是指物質的一切現象，而不是單指運動。物的動相只是許多現象中的一種，不能以運動包括一切現象。物質與運動本來是有分別的，在常識中就有分別，小孩子也知道。相對論並不是極言物質與運動有分別的必要。剛剛相反，相對論是極言物質與其運動有混同的必要，物質的質量依運動的速度大小而有增減。任何物體的質量是相對的，運動得快時重些，運動得慢時輕些。物質與運動為緣起，物質的質量與物質的運動為緣起，正如佛說：「此有故彼有，此無故彼無。」物質的質量影響其運動速度，物質的運動速度影響物質質量。相互間不可分割。「迥」字只有一個意義，就是「遠」。《說文》、《爾雅釋詁》以及一般中文字典都這樣解釋，並無「微」的意義。聲光既非無形，亦非物質，不可分析至極微，現代物理學也不作此類分析。高等物理學中的「光子說」，只是一種假設的理論，並非真的將光分析為極微的「光子」。哀定登解釋愛因斯坦所創的相對論，並不是這樣說的。梁啟超是我國近代思想界先驅，成就甚大，處於西方科學剛傳入中國的初期，對此有所誤會，那也是可以理解的。

梁氏對佛學研究的貢獻，主要是在中國佛教的歷史與地理問題上。但他的《佛學研究十八篇》一書，在佛教界流行甚廣，其中涉及佛義之處也很多，所以乘便提出來一談。其中一篇〈佛教心理學淺測〉對色蘊討論頗為詳細，但其中許多說法，恐怕難以成立。例如：

「佛家又將色相分為三大類。大毘婆沙論（卷十六）說：『色相有三種。可見有對。不可見有對。不可見無對。』這三色相怎麼講呢。例如我們環境所見的一切實物，是可見有對的色相。例如別人的性格或思想，是不可見有對的色相。例如宇宙普遍性，是不可見無對的色相。」

就算我們承認有「不可見的無對」的無表色，梁先生的解說與一切佛學者（包括小乘、大乘）的傳統解說也都是不符的。性格或思想屬於識，與色相無關。宇宙普遍性即法性，即真如，那屬於無為法，與色相完全屬於不同境界。或者，宇宙普遍性指因緣，那是萬事萬物間的關係，也不是色相。

如果從字面上推測無著所說的五種「法處所攝色」，或許可以這樣解釋：「極略色」是極細微而不可見之物，如分子、原子；「極迥色」是極遠處看不到的物體，如目力所不及的星球；

「受所引色」，因情緒而引生出來的不可見物質，那是甚麼？假定說是腎上腺、性腺之類的內分泌素（荷爾蒙）。以上三種都是不可見而事實上存在的物質。「遍計所起色」是因幻想錯覺而所見的現象。「定自在所生色」是由禪定功失而見到的種種色相。以上兩種現象旁人不可見，但自己可見，或許也可說是「法處所攝色」。

這樣解說，似乎勉強可以說得通。但畢竟與佛說不符。佛說：「法外入處者，十一入所不攝。」言明不是色。分子、極遠的星球、內分泌素等雖非肉眼可見，然而可由顯微鏡、望遠鏡而見，也即「天眼」可見。總之，是法處就不是色，是色就不是法處，兩者不可兼攝。佛所說的「法眼」、「慧眼」、「佛眼」，以及「得法眼淨」等等，是一種象徵性的說法，是「明白了真理」、「覺悟了大道」的意思，屬於心識，甚至是超越於心識的般若智，與「肉眼」、「天眼」的見「色」不同。英語中說「I see」，意為「我明白了」，含意類似。法處是肉眼或天眼所不能見的。

「觀念、感覺」不是物質

《五蘊論》對於色處的解說只有一句話：「云何色？謂眼之境，顯色、形色及表色等。」（大正一六一三．八五一）顯色是顏色，形色是形狀，表色大概是指身體的運動。世親這句話是很正確的。安慧釋論說：「顯色有四種，謂青、黃、赤、白。形色謂長短等。」顏色只有四種，明顯不對，不需多說。「長短」不是形色。至於表色，安慧沒有解說，蔣維喬的註解中稱為共有八種：取、捨、屈、伸、行、住、坐、臥。身體的運動豈止八種？搖搖頭、擺擺手、算是八種中的哪一種？蔣氏的註解相信出於《瑜伽師地論》卷一；那是他對論中文字的誤解。《五蘊論》釋《阿含經》（所有的阿毘達磨全是釋《阿含經》），安慧「廣論」釋世親之論，蔣氏的註解又釋「廣論」。往往每多釋一次，便將錯誤擴大一次。

世親上面這句話沒有錯。但他在解說「身之境」的觸處時，舉了「滑性、澀性、重性、輕性、冷、飢、渴」七種例子。滑性和澀性，勉強可說是觸處。其實物體表面的是否光滑，已含有相對性、比較性。一塊粗布和花崗石比是光滑，和絲綢比是粗糙。常人的皮膚和大象比是光滑，和嬰兒比是粗糙。但光滑和粗糙，在日常生活中有大致確定的標準，滑性和澀性也不妨成立。其餘五種則不能算觸處，都是識。

觸處是很複雜的。「混水摸魚」，目不見魚，唯見混水，手上摸到一條魚，魚的體態、運動很難分割為滑性、澀性等等來形容。魚的形狀、大小、輕重、滑澀、彈性、溫度，頭尾的方向，掙扎的勁力和速度等等，剎那間全都觸到了。在佛法而言，手的觸處只是「一條魚」，身識與想蘊結合，知道是「一條魚」，或許行蘊發動：「魚很可憐，放了牠罷！」只有物理學家才對魚皮的磨擦系數、魚的比重、動能與速度的關係等有興趣研究。

長短、大小、高矮、粗細、厚薄、濶窄等，是兩種同類形象之間，程度不同的比較關係。英國哲學家休謨（David Hume）提出事物的七種關係：相似、相反、數量比例、性質上的程度、時空連續、因果、同一。那全部是人的觀念。長短大小等並不是形象本身，而是人心中的觀念。物體的長短大小，似乎是眼睛見到的，其實眼睛所見的只是一條某種長度的繩子，一塊某種體積的石頭。是長是短，是大是小，要在心裏比較之後方能知道。單是一條繩子，無所謂長短，只能說這是一條三尺長的繩子。比之五尺長的繩子，它是短，比之一尺長的繩子則是長。至於方圓、紅綠等形象卻不同，一眼便知是方是圓，是紅是綠，不必比較而後知。雖然要知道方圓紅綠，還是要靠眼識生起，不過單就方圓、紅綠等形象而言，本身是已經完成了的。長短大小卻不同。我們見到一隻一尺長的老鼠，說是「一隻大老鼠」，見到一隻一尺長的狗，說是「一隻小狗」。那是和我們心中所積存的觀念相比較而形成的判斷，一尺長的老鼠比之我們過去看見的大多數老鼠為大，所以是「大老鼠」，一尺長的狗比之我們過去看見的大多數狗為小，所以是「小狗」。

輕重、飢渴、冷暖、光滑或粗糙等感覺，都是我們的意識所知覺的。物體本身，只有與水的比重是多少，攝氏幾度的溫度，表面的磨擦系數是多少等等客觀現象。五十斤的石頭，楚霸王拿在手中輕若鴻毛，林黛玉舉起來重如泰山。寒流襲港時，氣溫降至攝氏七八度，香港人冷得瑟瑟發抖；愛斯基摩人來到啟德機場，會覺得香港天氣真熱。這些感覺都是主觀的。

長短大小是相對性的觀念，輕重冷暖是相對性的感覺。都要在意識中作過比較方能得到判斷，都屬於識。

如果重性、輕性是指物體本身的客觀重量而言，與人的感覺無關，那麼不能分為重性、輕性兩種，只有一種重量。一件物體的表面溫度高於人的皮膚溫度，摸上去覺得熱，否則是冷；稍高的是暖，稍低的是涼。人的皮膚溫度是攝氏三十二到三十三度，皮膚下的血液溫度是三十七點五度，皮膚碰到二十八度以下的物體便覺得冷，碰到三十四度以上便覺得暖。至於覺得天氣炎熱、寒冷或清涼；標準又不同了。氣溫（身周空氣的溫度）應比皮膚溫度低到攝氏五度以上，體溫得以散發，人才會感到舒適，但又不能低得太多，否則體溫散發得太多太快，人又會抵受不住。到底氣溫多少度算是冷或熱，則憑各人主觀而定。如果「熱」是指「某物的表面溫度高於人的皮膚溫度」或「超過攝氏二十七度左右的氣溫」，那麼可以算是觸處，溫度是物質的現象之一。又如「飢」是指體內的養份降到了需要量之下，胃壁受到的壓力減少，「渴」是指體內水份降到了一定比例之下，那也可算是觸處，這是身體中物質成份發生了變化的現象，是感覺的對象。但在日常語言和常識性的理解中，冷熱飢渴都是自身的感覺。「我覺得冷，覺得熱。」「我覺得又飢又渴。」那都是「身識」，屬於識蘊。有些肥胖者明明營養太好，他還是覺得很餓，不斷吃東西。《雜阿含經》中記載，波斯匿王身體太胖，佛陀教他節食以減肥（雜含一一五〇經）。

佛不詳加分類

佛陀決不將外六處中的事物詳加分類，更不「窮舉」，說色處有幾種不同顏色、聲處有幾種不同聲音等等。事物本身種類無窮無盡，全部列舉既不可能，詳加研究於解脫更是有害無益。佛陀對外六處的分類只有一個標準：使人感到苦、或樂，或不苦不樂。是站在求解脫者的立場去看外六處，重視外六處對人發生甚麼影響，決不像後世論師那樣去研究外六處現象的本身。提到外六處時，佛陀必定只說「若苦、若樂、不苦不樂」，全部《阿含經》的記載中都是如此。偶爾佛陀也說「可愛色、可意色、可念色、不可愛色、不可意色、不可念色」，那還是從人的感受苦樂出發。佛陀決不像《五蘊論》那樣說：「顯色有四種，謂青、黃、赤、白。」也不會像無著在《大乘阿毘達磨集論》卷一中那樣說：「何等所觸一分？謂四大種所造身根所取義，謂滑性、澀性、輕性、重性、軟性、緩、急、冷、飢、渴、飽、力、劣、悶、癢、黏、病、老、死、疲、息、勇。」（大正一六〇五．六六三）（後世論者更對無著所說的二十二種觸處詳加研究，歸納為「八因十五法」，如何「癢」是屬於「界不平等」之因，「由血過患不平等」之故，「勇」則是「界平等」之因，「由除垢等離萎頓」之故。見《五蘊論》中蔣維喬註解的詳細引述。不知道一個死人怎樣能用身體去「觸」自己之「死」，實在不懂。）

說顏色只有四種，可觸之物只有二十二種，這種錯誤沒有甚麼大不了，佛學者又不是物理學家，說錯了物理問題有甚麼關係？成問題的是：佛學者不應該去研究物理學。

〔第六個問題〕的結論：

長短等相對性觀念，輕重、冷暖等相對性感覺，飢渴等生理上的感覺，都屬包括受、想、行、識四蘊的識，不屬物質性的色蘊。

＊＊＊＊＊

佛說十八界

佛陀說外六處、內六處、六識，有一個肯定的目的：「教人了解人性，以求解脫。」決不是「教人了解物性，以得知識」。前者是佛法，後者是科學。兩者決不能混淆。在佛法中，六識是觀察的主要對象，其次是內六處；至於外六處，則順便一提而已。沒有外六處則六識不生，所以不得不提，但外六處本身的種種細節，在佛法中全然不予理會。在世間學術中卻重要之極，色聲香味觸五處是自然科學的主要研究對象，法處是哲學與社會科學的主要研究對象。

佛陀說十八界，主要是說明下面這幾點：

一、一切事物的產生和消滅必定有因（原因）有緣（條件）。感官和外界事物相接觸，產生「識」。

「爾時，世尊告諸比丘：『有二因緣生識。何等為二？謂眼色、耳聲、鼻香、舌味、身觸、意法……』」（雜二一四經）

二、內六處，外六處，六識都無常。

「爾時，世尊告諸比丘：『一切無常。云何一切？謂眼無常，若色、眼識、眼觸、眼觸因緣生受，若苦、若樂、不苦不樂，彼亦無常。如是耳、鼻、舌、身、意，若法、意識、意觸、意觸因緣生受，若苦、若樂、不苦不樂，彼亦無常。』」（雜一九六經）

眼、色處、眼與色的接觸、眼識，這四者都無常。眼識生起之後，心中就有快樂、痛苦、或不苦不樂的情緒產生。各種情緒也無常。

無常是一切事物的基本性質。無常固然使人痛苦，卻也使解脫成為可能。如果一切都永遠不變，痛苦就永遠是痛苦，修學佛法成為毫無意義。佛陀的解脫道，就從因緣與無常中產生。無常是可變。因緣是任何變動都有原因和條件，有一定的標準。解脫的道路從這些規律中發展出來。

三、對外界事物愛念貪戀，是造成人生痛苦的主要根源之一。

「爾時，世尊告諸比丘：『言大海者，愚夫所說，非聖所說，此大海小水耳。云何聖所說海？謂眼識色已，愛念、染着，貪樂身、口、意業，是名為海。一切世間阿修羅眾，乃至天、人，悉於其中貪樂沉沒，如狗肚藏，如亂草蘊，此世、他世絞結纏鎖，亦復如是。耳識聲、鼻識香、舌識味、身識觸，此世、他世絞結纏鎖，亦復如是。』」（雜二一六經）

「爾時，世尊告諸比丘：『所謂海者，世間愚夫所說，非聖所說。大海小水耳，眼是人大海，彼色為濤波。若能堪忍色濤波者，得度眼大海，竟於濤波洄澓諸水、惡蟲、羅剎女鬼。耳、鼻、舌、身、意是人大海，聲、香、味、觸、法為濤波……』」（以下分別說耳聲、鼻香等，所說與說「眼色」相同。）（雜二一七經）

據生理學家說，人的知識大約有百分之八十三通過眼睛而獲得。所以佛陀說五官，通常只對眼說得較詳細，耳鼻舌身，依此類推。

第二段經文譯得不大明白，茲將南傳《相應部》三十五章一八七經譯以對照：

「比丘們啊！所謂『大海！大海！』那是凡夫俗子說的，但對於聖弟子來說，那並不是大海。大海只不過是一堆水，一大堆水而已。人的眼才是大海。眼海中的波濤起伏，就是眼所見的色。如果有人能捱得住色所形成的波濤，那就可以說，『他已經得度了。這個聖徒已渡過了眼海中的波浪漩渦、鯊魚鬼怪，他已站在乾地上。』（耳聲、鼻香、舌味、身觸、意法也是一樣。）」

南傳的註釋說：「將眼比作大海，因為不論有多麼眾多的東西傾注下去，眼睛永遠不會滿瀉，永遠不會滿足。」意思說，大海容納的水量尚有一定限度，眼睛見色卻永不滿足，能抵擋得了外界一切色相的誘惑，就是已渡過了眼海中的一切危難災禍。漢譯中將鯊魚譯作「惡蟲」，倒很有趣。譯者求那跋陀羅是古印度中天竺人，或許沒有見過鯊魚，在公元五世紀上半葉，中國人相信還沒有吃魚翅的習慣。在印歐語中，單是魚的一個名稱，不可能知道牠是哪一類動物。玄奘所譯《大毘婆沙論》卷七十三云：「於色濤波自制抑者能度眼海，得免洄澓邏刹娑等種種嶮難。」奘公將鯊魚譯為「娑」，和英文的 shark（鯊）音相近，似乎奘公也不知這「娑」是甚麼東西。智者大師是隋朝人，在玄奘大師之前，他在《法華經文句》卷一中說：「當知眼是大海，色是濤波，愛此色故是洄澓，於中起不善覺是惡魚龍，起妬害是男羅刹，起染愛是女鬼……」（大正一七一八．〇〇八）憑着他天才的直覺，猜想到《阿含經》中的

「惡蟲」是指「惡魚龍」。我們所以提到這段題外文章，是想指明，像智者大師這樣的一代宗師，也是精研《阿含經》的，決不當《阿含經》是「小乘經」而置之不理。玄奘大師翻譯雜阿含中的《緣起經》，那更不必說了。

連鎖反應

佛陀進一步的詳細分析，為甚麼感官與外界事物接觸，能造成此世以及他世的痛苦：

「云何苦集道跡？緣眼、色，生眼識，三事和合觸，緣觸受，緣受愛，緣愛取，緣取有，緣有生，緣生老、病、死、憂、惱、苦集，如是。耳、鼻、舌、身、意亦復如是。是名苦集道跡。」（雜二一八經）

痛苦如何造成的原因知道了，痛苦如何消滅的原因也可由此推想出來。這段經文接下去說：

「云何苦滅道跡？緣眼、色，生眼識。三事和合觸，觸滅則受滅，受滅則愛滅，愛滅則取滅，取滅則有滅，有滅則生滅，生滅則老、病、死、憂、悲、惱、苦滅，如是純大苦聚滅。耳、鼻、舌、身、意亦如是說。是名苦滅道跡。」（雜二一八經）

佛陀教導說：人的感官與外界事物接觸，發生認識，有了喜歡或憎厭的情緒，於是對事物貪戀，執着，種下了繼續生存的強烈慾望，既有生，便有痛苦。如果感官不與外界事物接觸，以後一連串的連鎖反應不可能發生，人生的痛苦也就消滅了。這是佛說「四聖諦」中「集諦」與「滅諦」的一部份，是佛法的中心部份之一。整個連鎖反應，通常稱為「十二因緣」或「十二支」，因為一共有十二個反應。本文不加詳談，這裏只談與內六處、外六處有關的部份。

十二因緣的主要道理，是教人設法打斷十二個連鎖反應中的一個環節，使得「人生痛苦的惡性循環」就此中斷。其中有些反應是無法打斷的，例如人既成胎，就不能不誕生；既然生下來，就必定有感覺器官；既有感官，必定會和外界事物接觸；接觸之後，必定會有痛苦或快樂的感受。這些反應不是人自身所能控制，佛陀只說明人生中必定有這樣的情況，就不詳加討論。有些部派的論集中詳細研究胎兒最初七日如何如何，第二個七日又怎樣怎樣，一直說到誕生，可是胎兒在母親子宮內如何如何，怎樣怎樣，非胎兒自己所能控制變更，這種生理學的知識不屬佛法（解脫學）範圍。佛法只說於解脫有用的知識，實際可行的方法。

佛法是教人自求解脫。佛陀只指明正確的道路，路卻要每個人自己走。佛教認為，並沒有無所不能的上帝天神可以救世人。世人想得救，必須自救。佛與菩薩的任務，只是在指點明路。

十二個連鎖反應中自己真正可以控制的，主要是「愛」與「取」兩個環節。對外界事物可以

「不愛」，不貪戀；可以「不取」，心理上不緊緊抓住。這是自己作得主的兩件事。所以，「愛」與「取」兩個反應，是打破「人生痛苦的惡性循環」的中心環節。

「六根清淨」

人不能不看，不能不聽，不能不嗅到香臭，不能不吃，不能不碰到物體，不能不有思想情緒。「六入」（內六處）、「觸」與「受」三個反應，佛陀並不教人絕對避免，因為那在事實上不可能。使感官得不到一切感受，虐待自己，這種「苦行僧」的生活方式，是印度當時十分流行的求解脫方法。佛陀曾試行過六年，吃了無數苦頭，弄得骨瘦如柴，精疲力竭，險些命也送掉，終於知道無效；大悟正覺之後，主張生活不可太苦，也不可過份貪圖享樂，要行適當的「中道」。對於根器好的人，佛陀也不教他「非禮勿視，非禮勿聽」或「視而不見，聽而不聞」，那仍是消極的逃避。如果「目中無妓」而「心中有妓」，非禮勿視毫無用處。猴兒掩上了雙眼，你怎知牠心中在想甚麼？

佛偈說：

「猶如大石山，四風不能動。色聲香味觸，及法之好惡，六入處常對，不能動其心。心常住堅固，諦觀法生滅。」（雜二五四經）

關鍵是在心，不在五官。

下面這個佛陀所說的偈，更加詳細的說明這道理：

「眼見於彼色，可意不可意，可意不生欲，不可不憎惡。
耳聞彼諸聲，亦有念不念，於念不樂着，不念不起惡。
鼻根之所嗅，若香若臭物，等心於香臭，無欲亦無違。
所食於眾味，彼亦有美惡，美味不起貪，惡味亦不擇。
樂觸以觸身，不生於放逸，為苦觸所觸，不生過惡想。
平等捨苦樂，不滅者令滅，心意所觀察，彼種彼種相。
虛偽而分別，欲貪轉增廣，覺悟彼諸惡，安住離欲心。
善攝此六根，六境觸不動，摧伏眾魔怨，度彼生死岸。」（雜二七九經）

色聲香味觸法六境（外六處）衝擊過來，好好守護住六根（內六處），泰山石敢當，巍然不動。對於美麗的色相不生貪欲，對醜惡的色相不覺憎惡，於聲香味觸中的美物惡物也都一視同仁。外境的「彼種彼種相」（各種各樣現象），都是虛假而有害的，如果去細加「分別」，慾望與貪心只有越來越多，越來越強，好像是魔鬼與怨家，不斷前來困擾。但如見怪不怪則其怪自敗。那便是解脫的途徑。

《孫子兵法》說：「昔之善戰者，先為不可勝，以待敵之可勝。不可勝在己，可勝在敵。故善戰者，能為不可勝，不能使敵之必可勝。故曰：勝可知，而不可為。不可勝者，守也；可勝者，攻也。」對付外境的糾纏，就與跟敵人打仗一樣，不必期望克服糾纏，因為那並無一定把握，只須自守其心，不被外境打敗，最後必能克服外境的糾纏；佛陀的策略，在這一點上和孫子的戰略思想相同，是十分有效的方針。然而孫子提出「知彼知己，百戰不殆」的口號，在軍事上十分合理，在佛法中卻只須「知己」就夠了。在佛法中，敵人就是自己的心，慾望的魔怨是從自己心中生起的，真正根源不在外境，「知彼」就是「知己」。「百戰百勝」，所要戰勝者是自己的心。因此佛法的要點在「知己性」而不在「知物性」。

然而如經常和不清淨的六塵境界相接觸，仍能其心不動，若不是修為極深之人，終究難能，所以佛陀也不斷告誡眾弟子，要守護六根，使得「不見可欲，其心不亂」。佛陀深切了解人性，經得起重大誘惑之人少之又少。目標是「六識清淨」，為了達到這目標，應當求「六根清淨」。

「色取蘊」

人生於世，在得到真正解脫之前，不能沒有慾望、愛憎、苦樂、煩惱。這些心理和肉體相結合，色蘊成為「色取蘊」（舊譯「色受陰」）。受想行識分別和慾望、煩惱結合，成為受取蘊、想取蘊、行取蘊、識取蘊。

佛陀說：「云何為受陰？若色是有漏、是取，若彼色過去、未來、現在，生貪欲、瞋恚、愚痴及餘種種上煩惱心法；受、想、行、識亦復如是，是名受陰。」（雜五五經）

「此五受陰，欲為根，欲集、欲生、欲觸。……非五陰即受，亦非五陰異受；能於彼有欲貪者，是五受陰。」（雜五八經）

人的肉體和精神被慾望和煩惱緊緊纏着，牢牢抓住。在這樣的狀態下，五陰稱為「五受陰」。五受陰的根源是慾望。在沒有得到解脫之人，五受陰就是五陰。在一般場合，簡單的只稱「五陰」，如果要強調人生的慾望和痛苦，則稱「五受陰」。佛說人生有七苦：生、老、病、死、怨憎會、愛別離、求不得，這七苦總稱為「五陰熾盛」，和總稱加在一起說，也稱為「八苦」。五陰熾盛就是五受陰（《阿含經》中有時譯為「五盛陰」），在巴利文中是同一個字 **pañcupādānakkhandhā**。五受陰是一切痛苦的根源，而慾望是五受陰的根源。

談「色蘊」（五）

可礙可分

人身無常。一生之中，肉體不知要受到多少災害，風霜侵襲，刀石損傷，蚊叮蛇咬。從肉體而引起的煩惱痛苦無窮無盡。

「爾時，世尊告諸比丘：『有五受陰。云何為五？色受陰，受、想、行、識受陰。若沙門、婆羅門以宿命智自識種種宿命，已識、當識、今識，皆於此五受陰；已識、當識、今識，我過去所經。如是色、如是受、如是想、如是行、如是識。若可閡（礙）可分，是名色受陰。所閡，若手、若石、若杖、若刀、若冷、若暖、若渴、若飢、若蚊、虻、諸毒蟲、風、雨觸，是名觸閡，是故閡是色受陰。復以此色受陰無常、苦、變易。」（以下分說受想行識四受陰。）（雜四六經）

這段經文相當不易了解。我把南傳《相應部》第二十二章七九經（與此經相當）英譯者的註釋摘譯如下：

這一品經名為「被捕食的動物」（khajjani），整章經名為「被吞食」（khajjanīya）。此經將肉體比喻為「吞食者」（鏞按：意思說，如對肉體貪着依戀，肉體就會吞食了你。雜含四六經以下有：「『我今為現在色所食，過去世已曾為彼色所食，如今現在。』復以是念：『我今為現在色所食，我若復樂着未來色者，當復為彼色所食，如今現在。』」）「可礙可分」四字的原文是rūpan ruppati，這個詞很難譯，如果直譯，是：「色者色之。」（意思說：「肉體敗壞了肉體。」或者說：「對肉體貪戀的心理敗壞了肉體。」）覺音的註釋中，將作為動詞的「色之」解說為「困惱、打擊、迫害、破壞」。里斯．戴維斯夫人（Mrs. Rhys Davids，里斯．戴維斯夫婦是英國倡導將巴利文佛典譯成英文的大功臣，巴利文的權威學者）認為不妨譯作affected（受到影響，受到病患），而覺音的原意似可以用afflicted（使其受到痛苦災難）一字來總括之。覺音的註釋中指出，經中所述，是以宿智得知自己前生的種種遭遇，肉體受到手、石、杖、刀、冷、暖、飢、渴、毒蟲、風雨等等侵害，災難重重，苦不堪言。

一個人此生已經夠苦了，如果再知道前生許多世中，自己肉體曾遭受過多少悲慘的打擊，那怎麼受得了？只有修為已高、得到了「宿命智」之人，方能不縈於懷。常人不知道前生遭遇，日子才過得下去。

漢譯《阿含經》是根據梵文本譯來，與南傳根據巴利文不同。但梵文和巴利文十分接近，這「可礙可分」四字的原文，從經文上下文推想，似乎應當與覺音註釋中所說的相同。如果這個假定可以成立，那麼「可礙可分」是指「肉體受到種種事物的折磨、打擊、傷害」。

佛陀在《中阿含・象跡喻經》中，有與上引經文相類似的說法：

「彼於後時，若幼少、中年、長老來行不可事，或以拳扠，或以石擲，或刀杖加，彼作是念：『我受此身，色法粗質，四大之種，從父母生，飲食長養，常衣被覆，坐臥按摩，澡浴強忍，是破壞法，是滅盡法，離散之法，我因此身致拳扠、石擲及刀杖加。』由是之故，彼極精勤而不懈怠，正身正念，不妄不痴，安定一心……」（大正二六・四六四—四六五）

這段經文說，由於我有肉體，所以才會給人拳打石擲，刀斫杖擊，肉體是我所受災禍的根源，是我的重擔。這段經文正與老子《道德經》中所說的話相似：「吾所以有大患者，為吾有身。及吾無身，吾有何患？」老子也不是說不要身體，而是說對自己身體的安危禍福不必放在心上，那就沒有「大患」了。老子說的「大患」，就是佛陀說的色受陰。色受陰必定附有心理狀態。木石泥沙只是色，沒有識，因此沒有色陰，更沒有色受陰，沒有大患。

蚊蛇觸對變壞

肉體「可礙可分」，色蘊受到外物的「觸對」時會「變壞」。佛陀說這是「色受陰相」，就是「肉體無常」，令人痛苦的意思。「色受陰相」四字從字面解釋，是「色陰與煩惱相結合的現象」。

但部派論師既將世界上一切物質都歸之於色蘊，又有為任何事物下定義的癖好，而最佳的定義莫過於引述經中佛說，所以他們就說：「可礙可分、觸對變壞」是色蘊的定義，也即是一切物質的定義。如法救的《五事毘婆沙論》說：

「問：依何義故說之為色？答：漸次積集，漸次散壞、種植生長、會遇怨親、能壞能成，皆是色義。佛說變壞故名為色，變壞即是可惱壞義。有說變礙故名為色。」（大正一五五五・九八九）

發展到後來，對物質又附加上其他更多的定義，但「觸對變壞」四字，始終是主要的。如安慧的《大乘阿毘達磨雜集論》說：

「問：色蘊何相？答：變現相是色相。此有二種：一觸對變壞、二方所示現。觸對變壞者，謂由手足乃至蚊蛇所觸對時即便變壞。方所示現者，謂由方所可相示現如此如此色……」（大正一六〇六．六九五）

「方所」是空間位置，「示現」是顯示各種物質的形象。以「可以碰壞，佔有空間，具有形象」來作為物質的定義，雖無大錯，卻不適當。物質的真正特性是具有質量。大多數氣體沒有形象，看不到，手足蚊蛇也碰不壞氣體。地水火風四大之中，「觸對變壞，方所示現」兩種相，主要只能適用於地大。「抽刀斷水水更流」，水大都不容易觸對變壞，更不用說風大、火大了。物質在常溫下，液體的形狀不一定，體積一定；氣體的形狀、體積都不一定，並無「方所示現」。只有質量才是一定的。

基本的關鍵在於：佛陀說的是「色受陰相」，肉體遭到各種痛苦的現象，論師們移用之於一切物質，難怪要不適當。肉體自然可礙可分，會觸對變壞，物質卻不一定。氣體的原子、核子固然也可在迴旋加速器中撞擊分裂，但論師們談的顯然不是高等物理學。而且根據海森堡的「不可確定原則」，一定質量的中微子，其位置不可能確定，即「方所」不可能「示現」。

在印度那樣的熱帶環境中，人受到瘧蚊毒蛇的侵襲，因而死亡，是十分尋常的遭遇，所以佛陀提到蚊和蛇。佛陀提到「蚊虻」，通常總是與人的肉體遭到痛苦連在一起說的，如：「於是，比丘！堪忍飢寒，勤苦風雨、蚊虻、惡言、罵辱，身生痛惱，極為煩疼……」（增一，卷三四・六）「此衣足障寒暑、蚊虻，足蔽四體。」（《長阿含・清淨經》）「多聞聖弟子能忍飢渴、寒熱、蚊虻、蠅蚤，風日所逼、惡聲捶杖亦能忍之……」（《中阿含・聞德經》、《中阿含・調御地經》）後世論師將雜四六經中佛陀那段話移用於一切物質，就不甚恰當。被小小蚊子一觸即便變壞的物體恐怕不太多，蛇也不見得有興趣去觸對各種物體而使之變壞。然而在許多佛學書中，提到物質，往往便以「由手足乃至蚊蛇所觸對時即便變壞」這句話來作為定義。

比較起來，法救在《五事毘婆沙論》中對物質所作的定義較好：物質遇到不同能量的影響時，能夠積聚或分散。不過他所引「佛說」：「變壞故名為色」，這個「色」字，佛是指色蘊，人身肉體。「變壞即是可惱壞義」，其中明顯的有心理因素。法救對物質現象的敘述，並非佛的原意。但如果着眼點在說明「一切物質無常」，那麼法救所述是很好的說法。（大正一五五五）

對於一切大乘、小乘的阿毘達磨論集，似乎可以下一個總評：引述佛說而加以解說的，錯誤較少；自作主張而分析猜測的，錯誤甚多。

佛法始終一貫

是不是我先有了主見，再到《阿含經》中去找適合的證據來與之配合呢？我相信不是。因為以上所作的分析，並不是只與上文已引述過的經文相符，而是與經中所記載的佛說完全沒有矛盾衝突。佛陀所演說的佛法，儘管方式極多變化，道理始終一貫。佛法之中並無矛盾衝突，我們的理解也可以完全不與之發生矛盾。

在漢譯四部《阿含經》中，我發現有四處與上述分析不符。其中三處是「弟子說」而不是「佛說」，另一處雖是「佛說」，然而經文本身極為可疑。四部《阿含經》共一百八十三卷，加上別譯，總數近三百萬字。我誦經不夠細緻，極可能另有其他片段經文，上述分析不能與之相符，希望讀者們指教。我們修學佛法，唯一目的只是希望能比較正確的了解佛義，決不是要提出甚麼與眾不同的見解，表示有「獨得之見」。這與研究別的世俗學問態度完全不同。別人的任何指教，對我而言的的確確都是「慈悲指引」。

下面試行討論《阿含經》中與上述分析不符的四段經文：

一、《中阿含經·象跡喻經》

「諸賢！猶如因材木，因泥土，因水草，覆裹於空，便生屋名。諸賢！當知此身亦復如是，因筋骨，因皮膚，因血肉，纏裹於空，便生身名。諸賢！若內眼處壞者，外色便不為光明所照，則無有念，眼識不得生。諸賢！若內眼處不壞者，外色便為光明所照，而便有念，眼識得生。諸賢！內眼處及色，眼識知外色，是屬色陰。若有覺是覺陰，若有想是想陰，若有思是思陰，若有識是識陰，如是觀陰合會。

「諸賢！世尊亦如是說：『若見緣起便見法，若見法便見緣起。』所以者何？諸賢！世尊說五盛陰從因緣生，色盛陰，覺、想、行、識盛陰。諸賢！若內耳、鼻、舌、身、意處壞者，外法便不為光明所照，則無有念，意識不得生。諸賢！若內意處不壞者，外法便為光明所照而便有念，意識得生。諸賢！內意處及法，意識知外色法，是屬色陰。若有覺是覺陰，若有想是想陰，若有思是思陰，若有識是識陰，如是觀陰會合。」（大正二六．四六六——四六七）

這段經文是佛的大弟子舍利弗向眾比丘說法，聽眾是同門師弟，舍利弗的說話很客氣，不斷稱呼「諸賢」。他稱色蘊為「身」，外界物體為「外色」，都很正確。但其中說「眼識知外色，是屬色陰」，「意識知外色法，是屬色陰」，這兩句話卻和我們的理解完全不同。眼識與意識應當屬於「識蘊」。再者，外法是抽象概念，不可見，不應該稱為「外色法」。那是甚麼道理呢？

我對照南傳《中部》經的英譯（英國巴利聖典協會本，以及錫蘭佛教出版協會本），原來漢譯本中有多處省略，以致變得不可解。《中部》經中這樣說：

「如果內眼處不壞，外色進入了視界，眼與外色有了適當接觸，那便生起了眼識。任何色陰受到了眼識的影響，屬於色受陰，任何受陰受到了眼識的影響，屬於受受陰，任何想陰受到了眼識的影響，屬於想受陰；任何行識受到了眼識的影響，屬於行受陰，任何識陰受到了眼識的影響，屬於識受陰。應當了解：五受陰原來是這樣生起，這樣會合的。世尊也這樣說：若見緣起便見法，若見法便見緣起。為甚麼呢？世尊說：五受陰的產生是有原因、有條件的。」

以下的經文對耳、鼻、舌、身、意五者都重複一遍，說法完全相同。「任何色陰受到了耳識的影響，屬於色受陰」、「任何受陰受到了耳識的影響，屬於受受陰」、「任何想陰受到了耳識的影響，屬於想受陰」，以至到「任何色陰受到了意識的影響，屬於色受陰」、「任何識陰受到了意識的影響，屬於識受陰」。（見倫敦版《中部》經卷一，頁二三六—二三七；錫蘭版《佛經選譯》卷二「大品象跡喻經」及註釋，頁一三—三〇）

舍利弗根據世尊的教導，說明六識如何生起，五受陰如何生起，說明「五陰盛從因緣生」的基本原則，完全正確。

《中部》經中說的是「意識知外法」，並無「外色法」的名稱。「任何色陰受到這樣（眼識生起）的影響」，巴利文的原文是 **yaṃ tathābhūtassa rūpaṃ**。

由此可見，漢譯經文中，「眼識知外色，是屬色陰」，「意識知外色法，是屬色陰」這兩句，不但誤譯了句子的意義，又將「色受陰」譯為「色陰」（直到後來才補上「色盛陰」三字，這是「色受陰」的異譯），將「外法」譯為「外色法」。漢譯的整段經文，很難令人了解舍利弗這一大段說法的意義。

是不是有可能舍利弗的確認為眼識與意識屬於色蘊，漢譯沒有錯，卻是巴利文本錯了？我以為不可能。第一，漢譯經文的意義不完整，巴利文經文完整。第二，相傳為舍利弗所作的兩部論集之一《舍利弗阿毘曇論》卷三中說：「云何識陰？若心意識六識身、七識界，是名識陰。……云何六識身？眼識，身、耳、鼻、舌身、意識身。」（大正一五四八．五四五）另一部《阿毘達磨集異門足論》卷十一中說：「盡所有識，謂六識身。何等為六？謂眼識耳鼻舌身意識……是故名為說名識蘊。」（大正一五三六．四一四—四一五）雖然我不相信這兩部論集真是舍利弗所「造」或所「說」，但總是代表了印度當時佛教主流的看法。

四阿含是我國佛經的早期翻譯，當時的譯經水準與後來鳩摩羅什大師、玄奘大師相差甚遠，偶有若干誤譯，並不為奇。

《阿毘達磨順正理論》是有部正統派的著作，該論卷三十五有一段文字，與本部中不贊成無表色的上座們辯論：「此中上座率自妄情，改換正文，作如是誦……彼作是說：經部諸師所誦經中曾見有此……一類自稱經為量者，猶能眷攝為內法人，時與詳論甚深理教。然彼所誦，於諸部中所有聖言曾不見有，所釋義理違背餘經，寧勸智人令專信學？愛無表色正合其儀，佛於經中自攝受故。謂象跡喻契經中說有法處色。（按：其實「大品象跡喻經」是舍利弗說的，並非佛說。中含第一四六經「小品象跡喻經」是佛說的，但完全沒有涉及這問題）……如是彼誦違教理言，但合無知經部所誦。又彼所釋，遮隔世尊教所攝受殊勝諸色……言無實義，如是謗法，豈曰善人？若於契經不了深義，不言為勝……」（大正一五六二．五四〇—五四一）

辯到後來，簡直是破口謾罵了，只因經部的誦本和有部不同，便說是「無知經部」，說對手「謗法」，不是善人，你們對於《阿含經》的深義如果不了解，還是給我閉上嘴要好得多了。

從這段論爭中可以見到，《阿含經》的經文是有人改動過的，對「象跡喻經」的經文有不同見解。有部自己的諸論師們，對於經文的原文也有重大爭執，某些上座論師們認為，經部的誦本比較正確。經部的根本主張，是以佛說契經為判斷標準，我們有理由相信，他們的誦本應當更加靠得住。那麼「象跡喻經」這段經文，是由於有部誦本改動了原經，以致其中產生不可解之處，其實過失不在漢譯，似乎可能性更大。

二、《雜阿含經．二五二經》

「時，尊者舍利弗於近處，住一樹下，聞優波先那語，即詣優波先那所，語優波先那言：『我今觀汝色貌，諸根不異於常，而言中毒，持我身出，莫令散壞，如糠糟聚，竟為云何？』

「優波先那語舍利弗言：『若當有言：「我眼是我、我所。耳、鼻、舌、身、意，耳、鼻、舌、身、意是我、我所。色、聲、香、味、觸、法，色、聲、香、味、觸、法是我、我所。……」』」

《阿含經》中記載佛陀對人說法，教人不可誤認五蘊是我、我所，不可誤認眼耳鼻舌身意是我、我所，因為那是人身的一部份，常人都認為是我，是屬於我的。這樣的例子不下數千百次，不勝枚舉。但佛陀從來沒有教人不可誤認外界的色聲香味觸法是我、我所。這樣的例子，經中一次也沒有。這充份證明，色處決不屬於色蘊。事實上，不可能誤認外界的色聲香味觸法就是我。

但優波先那卻對舍利弗說：「若當有言……色、聲、香、味、觸、法是我、我所。」那是甚麼緣故？

優波先那被一條有劇毒的小蛇咬中（據南傳《相應部》經註釋：優波先那是舍利弗的親弟弟），毒發垂危。舍利弗趕去看他，見他臉色平靜如常，神智清醒，很是奇怪。優波先那說：「我快死了，如果我認為五蘊、內六處就是我，現在身體即將敗壞，自然會心中驚恐，臉色大變。但我早知道，色受想行識、眼耳鼻舌身意，肉體的地水火風四界，並不是真正的我，我對於色身中毒敗壞，怎麼會介意呢？」說畢就安安靜靜地逝去。

南傳《相應部》經中，並沒有「色、聲、香、味、觸、法是我、我所」這一段話。（《相應部》經三五．六九）

優波先那雖然身中劇毒，但毫不在乎，可見平素修為極高，按理不應該說錯。從他這段話的整個意義說來，「色、聲、香、味、觸、法」與他的「色貌諸根不異於常」也沒有關係。

雜含二五二經比《相應部》中那篇相當的經長得多，其中記載：舍利弗後來去稟告佛陀，佛陀唸了一大段偈，說要對一切大蛇小蟲慈悲，又說了一大段咒語，說只須唸一遍咒，毒蛇就不能侵害。經中將咒語也錄了下來：「塢躭婆隸，躭婆隸，躭陸波婆躭陸……塢娛隸，悉波呵。」

這一段經文頗有後期密宗經咒的色彩，與《阿含經》中所記的原始佛教距離極遠，再考慮到《相應部》經中沒有這一段文字，猜想這段文字或許是後來所增添的，而「色、聲、香、味、觸、法是我、我所」這一句，或許同時添入。當然，這並沒有具體的證據。

三、《雜阿含經・二七六經》

「尊者難陀告諸比丘尼：『善哉，善哉，姊妹！應如是解：「六內入處觀察無我。」諸比丘尼！色外入處，是我、異我、相在不？』答言：『不也，尊者難陀。』『聲香味觸法外入處是我、異我、相在不？』

「答言：『不也，尊者難陀！』……

「『所以者何？尊者難陀！我已曾於六外入處如實觀察無我……』」

「於六外入處如實觀察無我」，這是對的。在這裏，「無我」是指「不能獨立存在、由於因緣會合而存在」之意。可是難陀怎麼會問諸比丘尼：色聲香味觸法是我嗎？是屬於我嗎？是我的一部份嗎？

眾比丘尼雖然回答得正確，但難陀這個問題，顯然提得不大合理。《中部》經第一四六經也有這一句問話，與漢譯中阿含相同。

甚麼原因，我不能明白。佛陀起初派難陀去教導五百比丘尼，難陀不大願意，後來佛陀再次吩咐，他才去說法。據南傳註釋（《增支部》一・一七三）：難陀前生是國王，這五百比丘尼前生都是他的妃嬪，所以難陀不想和她們相見。這樣的解釋顯然太玄，雖可存其一說，卻不能作為解決經文疑義的根據。或許可以這樣解釋：難陀一路問下來，眼是我嗎？耳是我？鼻是我嗎？問得順了，跟着隨口就問：色外入處是我嗎？這種小錯誤，佛陀決不會犯，難陀卻難免說得溜了。然而這樣的解釋並不好。他隨口問了一句「色是我嗎？」固有可能，卻不應再問聲香味觸法。

是不是難陀對佛義了解得不夠透徹呢？相信不會。這位難陀（Nandaka）並不是佛陀的異母弟難陀（Nanda）。

這位向女尼說法的難陀，對佛義的了解是十分精深的，據《增支部》經第四卷第三五八經（漢譯《增一阿含經》沒有這篇經）記載：

有一次，難陀在祇樹給孤獨園的一間廳裏，向許多比丘說法。佛陀經過門外，發覺廳門在裏閂住了，便在門外聽難陀說得對不對。聽了很久，覺得難陀的講述和解釋非但深合己意，而且非常動聽，就這樣站着傾聽，聽到後來，時刻過了很久，佛陀的背痛起來了，便敲門進去。難陀得知之後，非常過意不去。佛陀安慰他，叫他不必介意，並讚他說得極好，大大獎勉了一番才離去，要難陀繼續說下去。

對於雜含二七六經中難陀這一句問話，只好存疑。

四、《增一阿含經·聽法品》

「云何為色陰？所謂此四大身，是四大所造色……所謂色者，寒亦是色，熱亦是色，飢亦是色，渴亦是色。」（大正一二五·七〇七）

寒熱或飢渴，是身識，應當屬於識蘊。這一句經文的說法似乎不大正確。

多數學者認為《增一阿含經》是大眾部的誦本，其中有大量民間傳說增入。「聽法品」尤其明顯。整篇經文中說的是大目連和二大惡龍王鬥法的故事。龍王化七頭，目連化十四頭；龍王繞須彌山七圈，目連繞十四圈。後來目連更化身極小，在二龍王的口耳眼鼻中出出入入。二大惡龍王投擲刀劍沙石如雨，攻擊波斯匿王王宮，目連盡數使之化為珍寶，讓國王拿去布施。

惡龍王於是降服。目連到三十三天上去請如來下來說法，天帝命部下天神以金銀水晶化成三條大路，從天上通到人間，讓如來下降。如來向諸神諸天及數千萬眾說法，說到「寒亦是色，熱亦是色，飢亦是色，渴亦是色」云云。這故事中所描寫大目連的種種神通，相信根據於印度的民間故事。《西遊記》中孫悟空大戰牛魔王，似乎出於類似的藍本。這篇經中又說國王如何以檀香及紫磨金造如來像，舉國崇拜。整篇經文的內容性質，與原始佛教距離甚遠。

南傳《增支部》經中也沒有此經。

******

色蘊是活人的肉體。這個觀念，佛陀說得明明白白，毫不含糊。為甚麼在後世卻引起了這樣重大的混亂？

集中精神來觀察自己、了解自己，因而得到解脫，這是大智慧者的事。一般人雖然在每一件事上都以自我為中心，所注意的卻始終是外界的事物。當佛陀在世之時，眾弟子中除了第一流的人才之外，就已常常「群居終日，言不及義」：

「時，有眾多比丘集於食堂，作如是論：『或論王事、賊事、鬥戰事、錢財事、衣被事、飲食事、男女事、世間言語事、事業事、諸海中事。』……佛告比丘，汝等莫作是論，論說王事，乃至不向涅槃。若論說者，應當論說：『此苦聖諦、苦集聖諦、苦滅聖諦、苦滅道跡聖諦。』……」（雜四一一經）

這些比丘們在食堂中談論的，有時是研究甚麼人家布施的飲食不好：「時，有眾多比丘集於食堂，作如是說論：『某甲檀越作粗蔬食，我等食已，無味無力，我等不如捨彼粗食，而行乞食……』」（雜四一五經）有時是談論當時的兩個國王：「時，有眾多比丘集於食堂，作如是論：『波斯匿王、頻婆娑羅王，何者大力？何者大富？』」（雜四一三經）有時是談論各人自己的前生：「時，有眾多比丘集於食堂，作如是論：『汝等宿命作何等業？為何工巧？以何自活？』」（雜四一四經）

佛陀知道後，每一次總是勸誡他們，不可談論這些無益之事，要研究四聖諦，以求解脫。

談論世間知識固然不好，心中思惟，也屬無益。

「爾時，世尊知諸比丘心之所念，往詣食堂，敷座而坐，告諸比丘：『汝等比丘慎莫思惟世間思惟。所以者何？世間思惟非義饒益，非法饒益，非梵行饒益，非智、非覺，不順涅槃。

汝等當正思惟：「此苦聖諦、此苦集聖諦、此苦滅聖諦、此苦滅道跡聖諦。」』」

佛陀又舉例向他們開導：有一個人見到了一種非常奇怪的現象，以為自己發了狂，別人也都以為他神智不清。其實這人見到的是真事，他並沒有發狂，只不過世間的知識對這些奇事無法解釋而已。世間奇事推究不盡，都與解脫無關。（雜四〇七）

眾多比丘不但喜歡談論世間俗事，還互相辯論，堅持自己的看法正確，別人錯誤：

「時，有眾多比丘集於食堂，作如是說：『我知法、律，汝等不知我所說成就，我等所說與理合；汝等所說不成就，不與理合，應前說者，則在後說；應後說者，則在前說，而共諍論言。我論是汝等不如，能答者當答。』」佛同樣勸告他們不要談這些無益之事，當學四聖諦。（雜四一二經）

大導師一旦逝世，弟子們的爭論再也無人能加制止了，「我論是汝等不如」的作風漸漸發展得越來越厲害。從學術的觀點看，這種風氣是好的，對佛法的傳播卻大大不利。

「阿毘達磨」

記載佛陀言行的，稱為「經」。記載戒律的，稱為「律」。佛弟子對於佛法的理解和解釋，記錄下來，編為文集，稱為「論」。經律論三者，合稱「三藏」。「三藏法師」是對三藏都能通解的法師。

「論」本來叫做「阿毘達磨」。「達磨」是「法」，指佛法。「阿毘」這個詞，有「對應」的意義，又有「超越、了不起、勝過」的意義。中國人解釋阿毘達磨，都稱之為「對法」，意思說，這是與佛法對應的注疏說明。古印度和錫蘭佛教界解釋阿毘達磨，稱之為「無比法」，重視它內容的卓越，隱隱含有比經更重要、更加了不起的意義。他們並不是說論師的論文比佛說更加正確，而是說：佛陀說法的對象有許多是愚夫愚婦，以致有時不得不說人天福報，要說許多故事和比喻來開導，對於高級知識分子，這種淺近的說法完全是不必要的（南傳佛教索性說阿毘達磨是佛陀說的）。所以阿毘達磨中全部是學術性的分析和討論，完全不說故事和比喻，力求立論嚴謹，體系完整，有多抽象就多抽象，決不放過任何下定義、立範圍、述原因，分門類的機會。論師們學問淵博，喜愛研究細節，以哲學性思惟而撰作論文，所作論文卻並非都有價值。阿毘達磨的性質，和現代的博士論文頗多相同。所不同的是，博士論文所論範圍極小極專，阿毘達磨的內容則極為廣博。

佛弟子們個性不同，後來發生分裂。愛寫博士論文的大都是德高望重之輩，在集會中位於上座，稱為「上座部」。年輕活潑、喜歡和一般民眾接近而傳播佛法的，稱為「大眾部」。這兩部中的諸比丘們，又因對佛法的了解和解釋不同，在幾百年中再不斷分裂，最後分為十八個部派，連同原來的上座、大眾兩部，共為二十個部派，實際上還不止二十部。

二十個部派各有各的論集，作為本部的理論根據。大眾部不大喜歡寫論文，所以論集甚少。上座部的論集可就豐富得很。

上座部之中，有一部叫做「根本說一切有部」。認為萬事萬物之中，有幾十種基本元素——「法」，那是根本存在的，其餘的事物都是這些「法」的作用、演變和顯示。至於「法」的數目，則各論師的見解不一致。有一部叫做「經量部」，主張任何見解的是非，必須以經中的佛說作為衡量尺度。

在印度大陸，根本說一切有部（簡稱「有部」）佔壓倒性的優勢，其次則是經量部。在佛逝世之後五六百年左右（時代無法確定），有一位迦膩色迦王統治了印度大部份地域。他信仰佛教，支持有部，作風類似於漢武帝的罷黜百家，獨尊儒術。

有部的主要論集共有七部。其中《集異門足論》、《法蘊足論》等六部，名字中都有一個「足」

字，合稱「六足論」，另有一部叫做《發智論》。

但有部之中，另有派系。於是迦膩色迦王召集有部中最有聲望、最有學問的五百位大羅漢，舉行論集編審大會，花了十二年時間，編出了三大部欽定論集，分釋經、律、論三藏；每套全集各約二百二十萬字。其中解釋論藏的一部全集，稱為《大毘婆沙論》，玄奘大師譯為二百卷。「毘婆沙」是「廣說」、「廣釋」的意思。這部大論排斥各部派一切異見，定有部之說於一尊。

《大毘婆沙論》篇幅太多，研究不便，後來一位尊者摘其精要，另附己見，作成一部大綱《心論》。其後又有一位尊者，增補《心論》而作了一部《雜心論》，簡單明瞭，頗為風行。那都是《大毘婆沙論》的「讀者文摘」。

大學者世親覺得《雜心論》太過簡單，而且全部是有部一家之言，於是加入經量部的若干合理意見，作了一部《俱舍論》，但仍以有部意見為主。

傳到中國的小乘阿毘達磨論集，主要都是有部的著作。六足論中的五部、《大毘婆沙論》、《俱舍論》等都是玄奘的大手筆所譯，純粹經量部的論集卻沒有傳到中國。不論在印度大陸或中國，有部論集都佔壓倒性的優勢。後世各宗派關於色蘊的見解，基本上都是從有部的論集中發展出來的。

這一條發展的路線是：一、六足論、《發智論》——二、《大毘婆沙論》——三、《心論》、《雜心論》——四、《俱舍論》——五、《大乘廣五蘊論》。

色蘊範圍的擴大

色蘊領域的擴大，在六足論中已經完成。《阿毘達磨集異門足論》號稱是「尊者舍利子說」，《阿毘達磨法蘊足論》號稱是「尊者大目乾連造」。舍利弗和大目乾連都比佛陀早死，這兩部論集不大有可能真是佛陀這兩位大弟子「所說」或「所造」，但在有部的論集中是最早期的。在這兩部論集之中，色蘊已從「活人的肉體」擴大到無所不包，此後的論集只不過再加發揮而已。我們試從「縱」的方面，討論色蘊的範圍如何一步步的擴大。

一、第一步：注意的重點從自身色蘊轉移到外色。

佛陀教人了解自己而求解脫，所以着重正觀五蘊、六入（六內處）。小乘部派論師卻不重視色蘊，而重視色處。這是離開「求解脫」而傾向「做學問」的極自然趨向。

在《阿含經》中，佛陀詳說種種「內色」（人的身體），對「外色」（外界的物體）只一句帶過：「彼一切非我有，我非彼有，亦非神也。」（分別六界經）小乘論師恰恰相反，對「內色」一句帶過，對「外色」卻詳細列舉。這個重大分歧含有很深刻的意義，不僅色蘊的範圍不斷擴大由此開始，也顯示佛法衰微之不可避免。《法蘊足論》卷十中說：

「云何地界？謂地界有二種：一、內；二、外。云何內地界？謂此身內所有各別堅性堅類有執有受。此復云何？謂髮毛爪齒乃至糞穢。復有所餘身內各別堅性堅類有執有受，是名內地界。云何外地界？謂此身外諸外所攝堅性堅類無執無受。此復云何？謂大地山、諸石瓦礫、蚌蛤蝸牛、銅鐵錫蠟、末尼真珠、琉璃螺貝、珊瑚璧玉、金銀石藏杵藏、頗胝迦、赤珠右旋、沙土草木、枝葉花果。或復有地依水輪住，復有所餘在此身外堅性堅類無執無受，是名外地界。前內此外，總名地界。」（大正一五三七・五〇二—五〇三）

關於水火風三界的解說也是一樣；對內水界只說：「謂諸淚汗乃至小便」，外水界卻列舉：「根莖枝葉花果等汁露、酒乳酪酥油蜜糖、池沼陂湖、殑伽河、鹽母那河、薩剌渝河、頞氏羅筏底河、莫呬河、東海西海南海北海、四大海水。或復有水依風輪住……」（大正一五三七・五〇三）

注意的重心既本末倒置，勢必不重視本身的色蘊，而重視外界的色處。《法蘊足論》共二十一品，「處品」是第十八，「蘊品」是第十九，「處」在「蘊」前。《阿含經》中記載佛陀說法，總是先說五蘊，再說六內處。小乘論集則顛倒了過來，同時對色蘊只一句帶過，對色處卻詳加討論：

「云何色處？謂色為眼已正當見及彼同分，是為色處。又色為眼增上發眼識，已正當了別及彼同分，是名色處。又色於眼已正當礙及彼同分，是名色處。又色為眼已正當行及彼同分，是名色處。如是過去未來現在諸所有色，名為色處，亦名所知乃至所等證。此復云何？謂四大種所造，青黃赤白、雲煙塵霧、長短方圓高下、正不正、影光明暗、空一顯色，相雜紅紫碧綠皀褐，及餘所有眼根所見、眼識所了，所有名號、異語增語、想等想施設言說。謂名色、名色界、名色處、名彼岸。如是色處，是外處攝。」（大正一五三七・五〇〇）

「已、正、當」是指過去、現在、未來，即已經、正在、當來的意思。這段話將佛陀所說簡單的外色處複雜化了、理論化了，完全是近代歐美學者寫學術論文的派頭，專門名詞唯恐不夠繁複艱深，定義唯恐不夠精密周詳，舉例唯恐不夠完備廣泛。然而對色處的定義是十分正確的：「色處就是眼睛所見到，眼識所了別的一切形象。」這些形象是四大所形成的，顏色、形狀、光暗、以及「空一顯色」（長空一碧）等等都是，不管用甚麼不同的名稱來稱呼，都是「色」或「色界」或「色處」，這些色處是「外處」，不包括「內色」（即不包括色蘊）。

「彼岸」指外界，不是自身的東西。
這個定義，完全合於佛陀的教示。

談「色蘊」（六）

二、第二步：色蘊擴大為「諸所有色」，於是色處包括在色蘊之內。

我們在上面說：《法蘊足論》中對色蘊只一句帶過，這一句是：「云何色蘊？謂諸所有色，一切皆是四大種及四大種所造，是名色蘊。」（大正一五三七．五〇〇—五〇一）

雖只一句，其中卻包含了兩處對佛說的重大曲解。

上文第二節中曾引述佛陀常用的說法方式：「諸所有色，若過去、若未來、若現在，若內、若外，若粗、若細，若好、若醜，若遠、若近，彼一切非我、不異我、不相在。受想行識，亦復如是。」

《法蘊足論》對於色蘊的解釋引用了佛陀所說「諸所有色」四字，但佛說的諸所有色，是指色蘊（活人肉體）中的諸所有色，如頭、手、足、毛髮等等。《法蘊足論》中的諸所有色，卻擴大而指世界上的諸所有色。同為「諸所有色」四個字，含義卻大有廣狹之異，如視為相同，在邏輯上是很明顯的錯誤。

試舉兩個例子，就很容易明白：

一個千萬富翁衣袋中，若大鈔、若小鈔、若一元硬幣、若五角硬幣、若一角硬幣，諸所有錢共為八百元；他家中諸所有錢是一萬元；他公司中諸所有錢是十萬元；他存在某銀行中所有的錢是一百萬元；他全部所擁有的錢是一千萬元。這五種「諸所有錢」完全不相同，衣袋中諸所有錢決不等於他全部諸所有錢。

《內明》雜誌多數內頁的諸所有色是黑白二色，本頁的諸所有色是黑白紅三色，整本雜誌的諸所有色是黑白紅黃藍等假定是十種，世界上諸所有色則不計其數。這四種「諸所有色」決不相等，本頁上的諸所有色，並不等於世界上的諸所有色。

一個房間中「所有的人」，決不等於世界上「所有的人」。

小乘論師既將色蘊的定義說成「諸所有色」，而色處即為「諸所有色」，色處自然成了色蘊的一部份。

三、第三步：再擴大色蘊的範圍，包括了聲處、香處、味處、觸處。

《法蘊足論》關於色蘊的那一句話中，「諸所有色」是一個曲解，「一切皆是四大種及四大種所造」，是對佛說色蘊的另一個曲解。

佛說「色蘊是四大種及四大種所造」，小乘論師倒過來說「一切四大種及四大種所造，都是色蘊」。關於「菜刀是鋼鐵所造，所以凡鋼鐵所造者都是菜刀」的錯誤，前文已加討論。

聲處、香處、味處、觸處和色處一樣，也都是：「四大種所造」，於是也都屬於色蘊了。

更進一步，他們新創了一個「十色處」的名詞。

《集異門足論》中，將眼耳鼻舌身內五處，色聲香味觸外五處，內外不分，總括的稱之為「十色處」。

眼耳鼻舌身內五處是身體的一部份，色聲香味觸是外界物質的現象，兩者截然不同。可以共稱為「十處」，但決不能共稱「十色處」，正如不能共稱為「十眼處」、「十耳處」、「十香處」或「十味處」一樣。「十色處」這個名詞，是將佛陀分說內五處、外五處的原意完全推翻了。

「十色處」這個名詞中的「色」字，相信是「物質性」的意思，表示眼耳鼻舌身、色聲香味觸這十處都與物質有關。然而佛陀所說的「色處」是專門名詞，有特定的意義和範圍，不能望文生義。正如所謂「黑種人」，都指源自非洲的尼格魯人而說，不能將南美、南歐、南亞、東南亞所有黑皮膚的人如印度人、馬來人、泰國人等等都稱為「黑種人」。同樣的，也不能因為西施、楊貴妃、劉備的甘夫人膚色極白，就稱之為「白種人」。

四、第四步：認為有一種精神性的物質，也歸併之於色蘊。色蘊的範圍侵入了識蘊。

《集異門足論》卷十一中說：「云何色蘊？答：諸所有色……云何名為諸所有色？答：盡所有色，謂四大種及四大種所造諸色，如是名為諸所有色。復次盡所有色，謂十色處及法處所攝色，如是名為諸所有色。」（大正一五三六・四一二）

法處是意處的對象，是抽象概念，屬於精神性。佛陀說得很明確：「法外入處者，十一入所不攝，不可見，無對，是名法外入處。」（雜三二二經）法處是外界的精神境界，連人身內部的意處都不能包括，如何能和色蘊連在一起？

《集異門足論》擴大色蘊的範圍，所用的推論方炙，純粹是三級跳：

色蘊＝諸所有色

諸所有色＝盡所有色

盡所有色＝十色處＋法處所攝色

∴色蘊＝十色處＋法處所攝色

前面三個公式中的三個等號，全部是不能成立的。

為甚麼不發覺？

這四步推論中所包括的謬誤，本來極易發見。然而二千年來（《大毘婆沙論》約成於公元二世紀初，六足論當成於佛滅後五百餘年的時期中），始終沒有人加以指出。直到今日，西方學者只感到頗為混亂，卻沒有追究其錯誤的原因。甚至有人指摘佛陀對五蘊的分類不明確。例如英國佛學者伊里奧爵士（Sir Charles Eliot）[3]說：「（佛陀）對於色受想行識五蘊，所採用的分類方法並不是完全合於邏輯的。」（《印度教與佛教》卷一，頁一九〇）

所以這樣，我想大概由於下列這些原因：

一、有部論集中的意見為後人一再重複，長期來已習非成是，而阿毘達磨內容繁複異常，極少有人有興趣去作詳盡的研究分析。印度和中國的佛教界人士對古德意見向來十分尊重，不願指摘其錯誤。有部論集只存在於漢譯，西方學者大多數看不懂，只《俱舍論》的一部份有英譯、法譯及俄文譯本。再者，許多西方學者對於古代佛教論師的意見，持一種歷史性的看法，覺得古人說錯了是當然之義，不必認真。

二、**Rūpa**（色）這個字，用在不同地方，含有色蘊、色處、物質三種不同意義，佛書中往往就只用一個「色」字，容易引致混亂。小乘論師們利用了這種混亂，不易覺察。「色蘊」兩字單從字面上看，本是色類之意，一切色都屬於此類，也似乎沒有甚麼錯。

三、佛法重視事物間的相互關係，不重視孤立的事物本身。佛陀通常並不為一般名詞下定義，確立範圍。所以小乘論師們自下定義，自立範圍，與「佛說」原意之間的矛盾並不顯著。

四、色蘊是一個抽象概念，比較不容易把握其確定含義。

---

[3] 編按：伊里奧爵士（Sir Charles Eliot, 1862-1931），另譯艾利亞特，有漢名「儀禮」。英國佛學者，香港大學首任校長。其佛學名著《印度教與佛教》（*Hinduism and Buddhism*）在一九二一年出版，獲學界好評。

為甚麼要擴大？

有部論師們為了甚麼原因，而將色蘊的範圍不斷擴大？雖然真正的動機無法確定，但從他們當時所處的環境去推想，也可想像得到，事實上確有需要。

首先，佛弟子們分部分派，每一部派都必須建立自己完整而堅實的理論體系，方能立足。這個需要高於一切。有部的主張是幾十種「法」為根本性存在，不但現在有，過去、未來也是有。

佛陀在色蘊的總定義中，已肯定了過去、未來、現在色。在雜含七九經中，佛陀又說：

「比丘！若無過去色者，多聞聖弟子無不顧過去色；以有過去色故，多聞聖弟子不顧過去色。若無未來色者，多聞聖弟子無不欣未來色；以有未來色故，多聞聖弟子不欣未來色。若無現在色者，多聞聖弟子不於現在色生厭、離欲、滅盡向；以有現在色故，多聞聖弟子於現在色生厭、離欲、滅盡向。」

佛陀的意思當是說：如果沒有過去和未來的歲月，沒有輪迴轉世，沒有前生、來世和今生的痛苦煩惱，那麼大家也不必努力求解脫了，一死之後，一了百了。

這段經文，對於有部「三世皆有」的主張，十分有利。因為有些部派否認過去、未來色為實有，只承認現在色，更有些部派連現在色也不承認為實有。

不過因為漢譯《雜阿含經》是有部誦本的緣故，所以對「過去色、未來色、現在色一切皆有」的說法特別強調。南傳《相應部》的第二十二篇第九經、第十經、第十一經內容與雜含七九經大致相同，所強調的卻是過去色、未來色、現在色的無常、苦、無我，雖不否認三世色為有，但不特別重視其有。

這段經文中的過去、未來、現在色，當然是指色蘊，毫無疑問。英譯《相應部》經也譯之為「肉體」。色蘊的三世有既已有經文確立，如將色處、聲處等等一概歸入色蘊，豈不是甚麼都三世有了？盡量擴大色蘊的範圍，在有部與別的部派論爭之時，顯然有重大好處。

其次，每一個部派中的高僧，必定有人清淨修為，注重禪定，自求涅槃；又有人熱心傳教，宏揚佛法。這兩類高僧通常不大會去撰寫論文。熱衷於撰論的，必定是對學問知識感到極大興趣之人。凡喜歡鑽研學問的，必定求知欲十分旺盛，事事要追根問底。不論哪一門學問，有成就的學者無不如此。《阿毘達磨集論》的作者們必定具有研究的天性。他們研究的對象勢必着重於外事外物，而不重禪定自省；以求自有創見，而不以重述佛義為已足。那是勢所必至的趨向。

再者，婆羅門教傳統的力量始終十分巨大。佛陀逝世既久，佛弟子們不免又受到印度傳統思想的浸染。婆羅門教認為大梵無所不在，每個人心中都有大梵，石頭、樹木等無情之物中也都有大梵。精神肉體固然不可分，自己與外界的山石草木也不可分。婆羅門教徒修為的最終目標，是要使自己與大梵合而為一，也即是與宇宙萬物合而為一。在這種傳統思想的籠罩下，有部論師認為外界物體與自身肉體屬於一類，甚至外界的精神現象也與自身肉體屬於一類，那是很自然的事。在當時的印度社會中，很少有人會覺得他們的主張有甚麼不合理。只有堅持必須嚴格遵照經文的經量部，才堅決的反對。

佛門廣大，對於皈依佛法的人向來是來者不拒。佛的兩個大弟子舍利弗和大目犍連本來就都是外道。然而佛世之後，再沒有一位具大智慧、大權威的大導師，能對佛法作肯定明確的指示抉擇，使得人人信奉不疑。加入佛教的外道之中，就難免有人多多少少的仍保留着原來思想。有些佛教部派的部主本人就是外道，影響自然更為深廣。《異部宗輪論》在敍述各部派的分裂原因時說：「第二百年滿時，有一出家外道，捨邪歸正，亦名大天，於大眾部中出家受具，多聞精進，居制多山，與彼部僧重詳五事，因茲乖諍分為三部：一、制多山部，二、西山住部，三、北山住部。」（大正四九．十五）這一類外道學者大都「多聞」，學問淵博，大梵思想在他們是自幼浸潤，根深蒂固，說法時不知不覺的將之滲入了佛教教義之中，是十分自然的事。將色蘊範圍擴大至整個宇宙無所不包，我覺得大梵思想的影響是非常濃厚的。

部派之間學說上的論爭，與是否能得到國王的支持崇信有密切聯繫，所以學術辯論之中，事實上具有重大的政治性、社會性、經濟性因素。當時許多婆羅門教徒轉歸佛教，固然有些是受了佛義的感化，有些不免是出於經濟性的壓力，因為佛教徒容易得到布施。考慮到這些社會原因、學者的個人興趣，以及強大的傳統思想，有部論師們在某些問題上曲解佛義，那也不足為奇了。但《阿含經》的有部誦本並沒有將原來的經文大加增刪改動，因而我們今日仍能見到真正的佛法，在這件事上，有部高僧們對佛陀的崇敬，對佛法的尊重，還是值得我們感激的。他們的態度，基本上與今日自由新聞工作者的信條相同：「事實是神聖的，意見是自由的。」即可以任意發表意見，但不能歪曲事實。

自己製造難題

有部論師們將注意力放到外界物體之上，勢必為自己提出了無窮無盡的難題：物體到底是甚麼造成的？地水火風是否還可繼續分析？分析到最後是甚麼東西？

所謂「極微」的原子說，印度哲學家們很早就提了出來，將之理論化而成為一個完整系統的，是勝論派（Visesikā）。勝論派認為求得知識是修為的一個重要目標，又認為「極微」是組成一切物質的基本原素。這兩點學說，對於有部論師們有重大影響。有部也重知識，說極微。

一去研究原子問題，後果之悲慘，現代人再也清楚不過。第一，原子不可說。對近代物理學有極大貢獻的海森堡（W. Heisenberg，量子力學的創始者之一）說：「我們不可能用常用的語言來談原子……首先，我們唯一知道的事實是，我們平常的觀念，不可能用在原子結構之上。」（《物理與哲學》，頁一七七）。第二，粒子不可確知。海森堡所提出的「不可確知原則」（Uncertainty Principle），迄今仍為物理學家所普遍接受。這原則的要點是說，不可能同時確切知道一顆粒子的位置和質量，確切知道它的位置則測不準質量，測準了質量則測不準位置。這不是儀器和技術還不夠進步的問題，而是粒子的本性如此。

有部論師鑽進了一個再也走不出來的黑洞，去研究每一顆原子是不是有東南西北上下等十個方位？幾顆原子才能組成一點微塵？原子為甚麼能組成物體？原子組成物體時，是緊貼在一起呢，還是相互間有距離等等。他們的空想和猜測，在物理學上全無價值，在佛法中全無意義。唯一的價值是在哲學史上。

佛陀卻從來不說物質的本質是甚麼，印度人都說地水火風，他就說到地水火風為止。他甚至不說「物」，只說「色」，「色」是物的「相」（現象），這是眼睛看得見的，那就是了。愛因斯坦、普萊克、海森堡等都不能指出這樣說有甚麼不對。

問天下之色有幾？

色蘊的範圍既然擴大，受想行識勢須跟着擴大，以致五蘊包括了宇宙萬物。在後世大乘宗派，法性既包括自身，又包括宇宙萬物，不可能再加細分。但有部論師們以一切為「有」。說「空」，可以一切不理；說「有」卻非事事分個清楚不可。於是阿毘達磨之中，充滿了各種各樣的分門別類。這些分類的方法，極大多數是不合理的。

我們只舉兩個例子，就可以想像其餘。

《大毘婆沙論》卷十三：「色處有二十種。謂青黃赤白長短方圓高下正不正，雲煙塵霧影光明暗。有說色處有二十一，謂前二十及空一顯色。」（大正一五四五．六四）

這一段話，出於《法蘊足論》關於色處的定義那段話。但《法蘊足論》在列舉了上述二十一種色處之後，跟着就說，還有許多雜色如紅紫碧綠皂褐，總而言之，只要是眼睛所見到而構成視覺的（「及餘所有眼根所見、眼識所了」，大正一五三七．五〇〇），不管叫做甚麼各種各樣不同的名稱，都是色處。怎麼能以二十種或二十一種來窮盡天下所有之色？現代色彩學的研究，認為可以分辨的不同顏色，可能多達七百五十萬種至一千萬種。

有一部《鞞婆沙論》，據說是上座部各系所共宗，相信成書是在《大毘婆沙論》之前。這部論集中已說：「謂色入者二十種、二十一種，是說色入……」（大正一五四七．四五五）對《法蘊足論》中的所列的二十種或二十一種色處，竟作拘泥不化的解說，或許該論是首創。其實《法蘊足論》中那二十一種色，顯然只是隨便舉一些例子，決不是盡舉所有。否則的話，有了白色，為甚麼沒有黑色？舉了雲霧，為甚麼沒有霜雪（在北印度可以見到大雪山）？為甚麼不提日月星辰、草木禽獸？

根據色有二十種或二十一種的先例，《大毘婆沙論》說聲處有八種、香處有四種、味處有六種、觸處有十一種、法處有七種。「觸處有十一種。謂四大種滑性澀性輕性重性冷性飢性渴性。」（大正一五四五．六五）

這一段話，也是從《法蘊足論》卷十下面一段話中抄來的：「云何觸處？……謂四大種及四大種所造滑性澀性、輕性重性、冷暖，飢渴，及餘所有身根所覺、身識所了……」（大正一五三七．五〇〇）

《法蘊足論》對觸處所下的定義很合理，隨便舉了八種觸處（雖然例子不恰當），隨即說包括其餘一切「身根所覺、身識所了」。身體上觸覺神經所能覺察到的觸處，如何說得完？既列滑澀，如何不提軟硬及彈性？如何不提針刺及痲癢？《大毘婆沙論》在《法蘊足論》中所舉的八個例子中減少了一個「暖性」。

《五蘊論》跟着《大毘婆沙論》，也說觸處有十一種。為甚麼不列暖性？安慧在釋論中解釋：冷是「求暖欲」的原因，說了原因，就包括了結果在內。這個解釋甚是勉強，在印度那樣的熱帶地方，碰到了冷東西，不一定就有求暖欲。從「觸處有十一種」六個字中，可以知道《五蘊論》說觸處有十一種的來源。不過《五蘊論》比《大毘婆沙論》合理，在「十一種」之下加了一個「等」字。（太虛大師有《大乘五蘊論講錄》，根據玄奘的譯本而講，其中廣引大乘唯識諸家的見解，並對安慧的「釋論」再加詳細解釋，其中發揮大乘唯識思想，已與世親原論頗有不同。見《太虛大師全書》第八冊，頁七九五—八九八。）

《大毘婆沙論》中還詳細討論色是二眼所見還是一眼所見；為甚麼距離眼睛太近的東西看不見，而距離耳朵極近的聲音又聽得見；在同時聽到許多聲音時，是一種聲音生一耳識呢，還是多種聲音時同時生耳識；跳入冷水池時，是否全身冷覺同時生起；視覺神經、聽覺神經等形狀如何、生於何處等等。這種種討論，不管說得對不對，總之與佛陀教人求解脫的目標越來越遠了。

三種態度

由於有部是當時佛教的主流，而上面所說的社會與個人的因素，對於各部派也都發生影響，所以有部的態度與方法，多多少少為各部派所共有，只不過所提出的主張與分類各有不同而已。將色蘊的範圍大加擴充，多數部派似乎都是接受的。

於是佛陀教人「正觀五蘊非我」的方法，不大為人重視了，各部派必須要給「我」找個解釋，有的假定有「補特伽羅我」，有的假定有「不可說我」。各說中都有缺點，誰都不服誰。

佛陀在分說人身的五蘊、十二處、十八界之後，綜合起來而得到簡單明確的結論：無常、非我、解脫（在原始佛教，佛說的是「非我」，而不是「無我」。）解脫的原理是四聖諦，解脫的方法是八正道。佛陀的分析是有目的的，決不是為分析而分析。小乘論師們孜孜於分析、分類，拆得七零八碎之後，卻再也綜合不起來，很難得到明確結論。

色蘊是人的生理組織，但佛陀說色蘊，終究還是歸結到人的心理。解脫完全是從心理着手，而不是從生理着手，否則的話，人要解脫痛苦，毀了自己的生理組織（自殺）就行了。

在佛法中，外六處只是附從的題目。佛說外六處，目標是正觀人對外六處的反應，用以了解人性。色是人眼所見的東西，人見到之後，心中怎樣？聲是人耳所聞的東西，人聽到之後，心中怎樣？所注意的，純粹是「人的心中怎樣？」至於色聲香味觸本身的性質如何，佛法完全不理。佛法中所注意的、所討論的，全部是心理資料，不是物理資料。

如果去研究色聲香味觸本身，自然必須以物為對象，撇開自身的感受，專門注意物理性的資料、化學性的資料。那便是近代科學家的態度。

假定說，一個真正的佛弟子、一個科學家、一個小乘論師，三人坐在一株蘋果樹下談話。這地方不在印度，印度似乎沒有蘋果樹。樹上一隻蘋果掉了下來，掉在科學家的頭上，發出啪的一聲，彈了開去，滾了丈許就停住了。

佛弟子心裏想：蘋果熟了，就會離枝跌落，這是因緣，偏偏掉在科學家頭上，這也是因緣。蘋果香氣濃郁，已熟得很了，過了幾天，便會腐爛，人身肉體也是這樣無常。樹上結滿了蘋果，樹不以為喜；過幾天蘋果紛紛掉落，樹也不覺得悲傷。樹木只有離合，沒有悲歡，人卻為甚麼為了喪失親人而傷心呢？

科學家心裏想：蘋果為甚麼從樹上掉下來，而不是飛上天去？蘋果為甚麼會從頭上彈開？蘋果在地下滾動一會之後，為甚麼會自動停止？

小乘論師心裏想：這隻蘋果分到極微而無可再分時，是甚麼樣子？蘋果中地大多還是水大多？蘋果的色為勝為劣？它的紅色是否為了莊嚴世間（美化人間）而生？它掉在科學家頭上，這啪的一聲響，是執受大種聲，還是非執受大種聲？（與人體有關的是執受聲，如說話；無關的是非執受聲，如風聲。）蘋果的香氣是平等香或不平等香？（平均的香氣是平等香，時濃時淡的是不平等香。）

三人這樣想下去，結果佛弟子得到解脫，又去傳播佛法，科學家發現了「牛頓力學三定律」，論師寫了一部厚厚的「阿毘達磨」。

觀察人對物的反應以了解人性，很對。從物的本身和現象去了解物性，很對。從人對物的反應去思考物性，根據心理資料而去研究物理學，很難有甚麼結果。

王陽明曾為了《大學》中說要「格物致知」才可以治國平天下，於是正心誠意而端坐在窗前，「格」窗外之竹，格來格去，格不出個所以然，反而大困，只好從此不格了。這種方法，似乎正是小乘論師們研究外色的態度。

小乘中自然有得道的高僧，然而真正的阿羅漢，相信極少會鑽進這種做學問的套子裏去。

******

「有對」與「無對」

雜含三二二經中，有這樣兩段話：「眼是內入處，四大所造淨色，不可見，有對。耳、鼻、舌、身、內入處亦如是說。」以及「意內入處者，若心、意、識非色，不可見，無對……法外入處者，十一入所不攝，不可見，無對，是名法外入處。」

「無對」的巴利文是 appatigha，據巴利文字典的解說，意思是：「對物質不起反應，不受物質的障礙。」「有對」的巴利文是 sappatigha，與「無對」相反。

梵文的「有對」是 sa-pratigha 或 sapratigha，「無對」是 apratigha，意義與巴利文相同。我在上文解釋為：眼耳鼻舌身五官分別與色聲香味觸五種對象的接觸，能受到物質的干擾或隔斷，稱為「有對」；意與法的接觸，不受物質的干擾或隔斷，稱為「無對」。所謂物質的干擾或隔斷，物質也包括能，例如光波、聲波、無線電波。這樣的解釋與經義相合，也合於原文的意義。有部的阿毘達磨中關於有對、無對的討論十分繁複，最大多數意見和上述所說相同，簡單說，有質礙的是有對，沒有質礙的是無對。這樣說雖然簡單明瞭，並沒有錯，但重點是在說物質本身的性質。佛法的重點是因緣，是在說內六處與外六處之間的相互關係。因此我以為以「內六處與外六處的接觸能否受到物質的干擾或隔斷」作為有對、無對的定義，比較合於佛義。

《阿毘曇毘婆沙論》卷四十說，有對共分三種：一、障礙有對，如以手打手，互相障礙；二、境界有對，如眼對色、耳對聲；三、緣有對，如心與心數法有因緣關係。色的有對則只指障礙有對。下面大談各種各樣的色的有對，複雜煩瑣之極，尊者波奢認為如何，尊者和須蜜認為如何，尊者佛陀提婆、尊者瞿沙、尊者婆摩勒又分別認為如何如何，同是有部的大論師，意見各不相同。（大正一五四六·二九二—二九三）有的論師又說有對色是指「境界有對」而言，不指「障礙有對」。

至於無對色，又是聚訟紛紜，不必細表。單舉一例：《舍利弗阿毘曇論》卷三中說：「云何不可見無對色？身口非戒無教、有漏身口戒無教、有漏身進有漏身除、正語正業正命、正身進正身除，是名不可見無對色。」（大正一五四八·五四三）認為一個人做好事、做壞事，身體內部有物質因素，這種物質因素是看不見的，稱為「不可見無對色」。後世唯識系論師將「無表色」稱為「業」或「種子」，或許是從這裏發展出來的。

「無表色」

根據佛說，色一定有對，不可能無對。無對者只有意處和法處兩種，因為只有精神作用才不受物質的干擾阻隔，小乘論師所說的「無對色」，就是「無表色」。無表色是存在於精神領域之中、但不顯現於外的物質。

有部論師中的某些人，例如法救，卻不同意「物質可以存在於思想中」的說法。《大毘婆沙論》博採有部諸大論師的意見，法救的地位甚高，《大毘婆沙論》只能委婉地加以否定。有人提出疑問：阿毘達磨對色蘊的定義是：「色蘊，謂十色處及法處所攝色」，這定義與契經中的兩個著名定義不合，那是甚麼緣故？《大毘婆沙論》的答覆頗為有趣：契經中所以有這兩個定義，是因為世尊有預見，知道後世有覺天之類人物，主張物質只有地水火風四大種，所以世尊預先說明，除了四大種之外，還有四大種所造色。又因為有「杖髻」外道說沒有過去、未來色，所以世尊特別在色的定義中說明「若過去、若未來、若現在」。至於阿毘達磨的定義，是為了破除無表色的反對論者，本宗的尊者法救雖然也說：一切物質都必須是眼、耳、鼻、舌、身的五識所能感覺得到的，但第一，他的話不一定是合於三藏的；第二，「法處所攝色」是依四大種而生，也可說與「身識」有關係，所以這位尊者的意見也解說得通的。（大正一五四五・三八三）

那麼「無表色」到底是甚麼東西呢？有一位論師提出主張：一切物質都是「微塵」（原子）所積聚而成的，無表色則是不由「微塵」積聚而成的物質。《阿毘曇心論經》卷一：「色有二種：一者微塵積聚色，二者非微塵積聚色。微塵積聚色者，謂十色入，眼乃至觸。非微塵積聚色者，名無教色，法入所攝。」（大正一五五一・八三四）「無教色」是無表色的另一種譯法。

《梵英大字典》在「無表色」一字的解說中說：可能是一種「動物電」。那也是一種有趣的假設，但顯然與有部的原意不符。動物電指動物身體所發的電，如腦電波、電鰻所發的電等。

《俱舍論》

世親《俱舍論》中關於色蘊、色處的看法，大致上依據於《大毘婆沙論》。其中說：

「色蘊者何？頌曰：色者唯五根，五境及無表。論曰：言五根者，所謂眼、耳、鼻、舌、身根。言五境者，即是眼等五根境界，所謂色、聲、香、味、所觸。及無表者，謂無表色。唯依此量立色蘊名。」

「次說五境。頌曰：色二或二十，聲唯有八種，味六香四種，觸十一為性。」所謂「色二」，指顏色與形狀兩種，這分類法遠較《大毘婆沙論》為佳，但接下去又說色有二十種，而其餘說法都和《大毘婆沙論》相同。

至於無表色，「頌曰：亂心無心等，隨流淨不淨，大種所造性，由此說無表。」「亂心」指平常狀態下的心識，念念不定，相反則是「不亂心」；「無心」指禪定中到了無想定、滅盡定的境界，心識處於不活動狀態，相反則是「有心」；「隨流」指意識的流動相續；「淨」為善，「不淨」為不善。本論的解說是：人的心識有時混亂，有時寧定，有的善、有的不善，不斷流動而又有連續性，由此而產生某種物質，稱之為無表色。論中又解說，色的定義是「變礙」，無表色雖無「變礙」，但因依有變礙的表色而立名，所以也可以稱之為色。這解釋頗為牽強。

頌中「由此說無表」這個「說」字，論中解說：「說者顯此是宗師言。」世親本來屬於有部，後來感到有部的說法中有許多難以成立的地方，因此《俱舍論》有許多處是反對有部《大毘婆沙論》的。這一個「說」字表示：無表色是本部（有部）宗師們的主張，含有他本人不大贊成之意。（大正一五五八．〇〇二—〇〇三）

《俱舍論》的許多主張離開了有部的正統派意見。正統派中有一個眾賢論師，寫了一部《順正理論》（原名《雹論》，意思為如冰雹一般嚴重打擊《俱舍論》），對《俱舍論》逐句進行批判，企圖維持有部的傳統。對於世親「由此說無表」這「由此說」三字，眾賢就大為不滿：「故言由此說者顯此是餘師意，經主不許如是種類無表色故。」「經主」指世親，「不許」是不贊同。眾賢對世親的意見大大批判了一番，認為世親雖然說有無表色，但說來說去，說的都是指「心中思想」而言，「是假非實，無表非實，失對法宗……經主應思……」指世親把無表色說成是假設的、不是實有的東西，離了本宗的基本理論，故說：經主啊，你應當好好想一想。（大正一五六二．三三五）

有人提出疑問：無表色既是物質，為甚麼看不見、感覺不到？《順正理論》卷三十五答道：「有說：身中有孔竅故……雖得相容納……」（大正一五六二．五四五）

單是從世親關於無表色的態度看來，就可知道他確是一位了不起的大思想家。一個在那樣環境下的佛教徒，要對本宗的基本理論提出異議，不但需要高明的識見，更需要極大勇氣。世親是用一種委婉的迂迴的方式，來表示他不贊同無表色。他學問的明辨和深度，恐怕是安慧所無法充份領悟的。

《俱舍論》最後結論的一頌說：「迦濕彌羅議理成，我多依彼釋對法，少有貶量為我失，判法正理在牟尼。」（大正一五五八・一五二）迦濕彌羅國是當時印度北部諸國之一，說一切有部的大本營。這一頌的意思說：有部各位大宗師對於佛理的議論是通達的，我基本上根據他們的意見而解釋佛義，然而在少數地方，我不同意他們的主張，那是我的過失。到底誰是誰非，真理畢竟要依據佛陀釋迦牟尼的指示而決定。

這一頌態度謙卑，卻也充滿了自信。後來世親改宗大乘，固然由於他哥哥無著的開導，然而基本原因，相信是由於他對有部僵硬機械的立論感到不滿，而大乘活潑開明的教義，和他學識、個性更為相投的緣故。

我們對《五蘊論》的許多議論，其實並不是反對世親的意見，而是反對有部的傳統意見。假定《五蘊論》是世親早期的作品，那麼其中某些意見，他自己後來也不贊成了。作為一位大思想家，後期的思想與前期有所不同，非但十分尋常，而且也是應有之義。就是佛陀，大覺大悟之後的認識，也和六年苦行時期大不相同。

有部理論是哲學

必須指明，決不能由於上述的討論，就此認為有部關於色蘊的見解是膚淺的。他們有一個完整的、內容豐富複雜的哲學體系，其中包含許多創見，是印度哲學中的一個重要宗派。

有部的理論，主要是一種「形而上學」（Metaphysics），企圖解釋宇宙間一切事物的道理，具有精密的構想，在哲學中自有它的價值。不過那是有部論師們自行組織起來的一種哲學體系，與以求解脫為目標的佛法關係甚少。我們所指出的，是這個體系關於色蘊的看法，與《阿含經》中所記載的不符，並不是批評這個哲學體系的本身。

本文並非討論哲學問題，筆者也沒有適當的知識來對有部的哲學體系作任何評價。但為了公平起見，必須指出：有部關於色蘊的各種見解，在佛法上恐怕無助於解脫，在物理學上並無價值，在形而上學中卻是一個完整的體系，所有研究「佛教哲學」（不一定是「佛法」）的學者都十分重視。蘇聯最著名的佛學者斯徹巴斯基（Th. Stcherbatsky）的著作《佛教的中心觀念》（*The Central Conception of Buddhism*）一書，是對《俱舍論》的研究，書名就是指有部哲學而言。

談「色蘊」（七）

《成實論》

訶梨跋摩所作的《成實論》，據印順法師說，是「從經部流出而折衷大眾、分別說系」（《唯識學探源》，頁一四八）。這部論典在古印度及西方都不受重視，但在中國卻影響重大，竟由此而成立了一個成實宗。本論主旨在說空，所以當時中國佛教界以為它是大乘，到後來才歸之於小乘。它的思想可以說是從小乘轉向大乘的一個過渡。這部論集是鳩摩羅什譯的，似乎有重行編寫過的痕跡，譯筆既好，條理亦復明暢。它對色蘊等問題的解說，我以為遠較有部的論典合理。原因之一，相信在於經量部重視契經，一切立論都着重以佛陀的言教為根據，不論分析或分類，和《阿含經》都很接近。經量部的確不愧「經量」之名。只可惜經量部在印度的勢力及不上有部，而《成實論》在中國的宏揚也只是曇花一現，沒有產生深遠的影響，否則的話，後世對於色蘊的了解也不會這樣混亂，而本文的討論也無多大必要了。

《成實論》對色蘊的安排十分恰當。本論分「苦、集、滅、道」四諦來討論佛法，在「苦諦聚」一篇中，分「色論」、「識論」、「想論」、「受論」、「行論」五論，分述五蘊。在「色論」中，第一品「色相品」討論色蘊之相，然後討論四大的相，再討論眼耳鼻舌身內五處，再討論內五處的作用，最後討論外五處：「色入相品」、「聲相品」、「香相品」、「味相品」、「觸相品」。

這樣有條有理，完全以佛說為根據的分類方法，實在沒有可以批評的地方，其他討論五蘊的論文都遠為不如。

本論對色蘊的探討，都只談其「相」，而不談本質，又是極高明、極正確的見解，這是第一個優點。談色蘊本身的，歸於「色相品」，談色處的，歸於「色入相品」，兩者分得清清楚楚，是第二個優點。認為四大無固定性質，並非元素，只有相，本性空，是第三個優點。聲香味觸四處既與色處劃分，又統稱為「相」，認明外五處是現象而不是物質，是第四個優點。一切精神現象分別歸於識想受行四蘊，決不混入色蘊，是第五個優點。完全不提無表色，是第六個優點。

《成實論》中關於物理上的意見，現在看來，當然也有不少極不合理、甚至可笑之處，例如說貓鼠眼能自行發光，所以黑夜能見物；說人之所以有兩眼，因中間有鼻子阻隔之故；但這些都只是細節，無關宏旨。

南傳上座部

南傳上座部對色蘊的解說，又另有觀點。一方面，色蘊包括一切物質與物質現象，另一方面，又十分強調「色蘊是活人肉體」。

他們分色蘊為兩部份：

第一部份是四大，地水火風四種。

第二部份是四大所造，共分二十四種，可以歸為三類：

一、五內處：眼、耳、鼻、舌、身。

二、四外處：色處、聲處、香處、味處——其中不列觸處。因為他們認為觸處與地、火、風三大重複。這樣的主張，不及有部將「觸處」一分為二的妥善。南傳阿毘達磨中認為水的主要性質是凝聚性，那只能意會，是觸摸不到的。

三、活人肉體的性質、現象及作用：女性、男性、精力、心根、身體的行動、言語、空隙、輕動性、柔軟性、適應性、生長、連續性、衰老性、無常性、營養。（以上分類，根據《清淨道論》第十四章。）

這樣的分類方法十分混亂，列舉肉體的各種性質、現象，以及作用，一來並無必要，二來難以完備。它的優點是對「活人肉體」這個概念特別重視。色蘊一共包括二十八種，除了四大及四外處八種之外，其餘二十種都與活人肉體有關，所以基本上，南傳論師對色蘊的概念着重於活人肉體。

另一個好處是，一切精神性的東西完全不包括在色蘊之內。

******

小乘論師煩瑣分析的哲學論辯，是佛教在印度衰落的大原因。各部派中的第一流人才鑽進了做學問的羅網，不但脫離群眾，不能宏揚佛法，連自己也不能解脫煩惱，做不成阿羅漢了。大乘論師斥責小乘為「自了漢」。其實小乘中遵行佛說的弟子並不是自了漢，據《阿含經》所載，真正的佛弟子都有宏揚佛法的慈悲心腸，犧牲生命也在所不惜，例如富樓那（雜三一一經）。這樣的高僧大德，小乘佛教中歷代始終不絕，否則小乘不可能一直保存到今天，而且在錫蘭、東南亞大為宏揚，近百年來更傳播到西方，出現了佛法興起的新契機。至於孜孜於名相思辯的小乘論師，那麼連「自了」恐怕也辦不到。

就在小乘論師們爭辯得緊張熱烈之際，大乘興起，般若經得到宏揚。

大乘佛教中出了一位非常偉大的人物——龍樹菩薩。他全力破斥小乘論師的煩瑣哲學，堅決反對鑽研各種無益於求解脫的世間學問。他所撰的《中論》對各種哲學主張全部排斥，這種摧枯拉朽的大破壞之中，含有積極的重要目標，旨在回復到佛陀的真正教義上去，一方面解脫自己內心的煩惱，另一方面傳播佛法，普度眾生。

佛教在大乘佛徒「悲智雙運」的力行之下得到的新生。

般若經中仍有一部份類似於阿毘達磨的名相分析，那是時代的影響。但因為最後歸結到「空、無相、無作、不二法」，所以這些名相分析，並不受到重視。般若經對色蘊沒有詳加分析，所有大乘學派的重點，都完全放在「心」上，也即是回復到佛陀真正的、基本的教義。

中觀系（性空）

龍樹最重要的著作是《中論》。

《中論・觀六情品》：「眼耳及鼻舌，身意等六情，此眼等六情，行色等六塵。……

「是眼則不能，自見其己體；若不能自見，云何見餘物？」（大正一五六四・〇〇六）意思說，眼根所以能見到外物，必須有外境而生眼識，眾緣和合才能見，如果單是眼根本身，沒有別的因緣配合，那麼它就連自己也不能見。所以眼根沒有能見的自性。以後再推論下去，連所見之物與見者也不可得，眼識也不可得，那是空宗的基本立場。

接下去的「觀五陰品」，主旨在從因果關係之中，分析一切「色」都是因緣和合而成，所以都沒有自性，都是空。結論說：「是故有智者，不應分別色。」（大正一五六四・〇〇七）有智慧的人，對一切物體不要認為是實在的、有自性的、可以自己單獨存在的，不必去推究物體如何構成，是否有極微的原子，如何分類，有沒有無表色等類問題。

每一件物體的存在，都必須依附於其他條件，存在是相對性的。必要的存在條件如果消失，物體也就不能存在了。單從一件物體本身之中，追究不出甚麼道理來。例如，現在我們知道水的存在，不但以氫二氧一（H_2O）為條件，還以攝氏零度到一百度之間的溫度為條件，以適當的大氣壓為條件等等。這許許多多問題，都和求解脫無關。

龍樹之學與佛陀一脈相承，十分明顯。整部《中論》的主旨，我個人以為，其實就是用哲學思辯的方式，來闡揚佛說「毒箭喻經」的要義。龍樹顯然認為，推敲研究因中是否有果，眼根如何見色，火為甚麼能燒物而不能自燒等等問題，與追問毒箭的構成、弓弦的質料相同。

「觀五陰品」中談的色陰，泛指一切物質，不以肉體為限。《中論》是破斥各家各派的哲學理論，並不建立自己的哲學體系，「破而不立」是《中論》的要點（這一節在穆諦〔T. R. V. Murti〕的《佛教的中心哲學》〔*The Central Philosophy of Buddhism*〕一書中有極詳盡的分析，當代佛學界已公認為定論）。對方談的既是普遍性的哲學問題，龍樹加以破斥，也就必須談這些問題。《中論》不是教人如何去求解脫，只是說明，從哲學思惟之中不能求得解脫。所以他在談色陰時，也就把範圍擴大到一切物質。

承繼龍樹之學的提婆，在《百論》（《廣百論本》，簡稱《百論》）中將《中論》的若干問題詳加演繹，立論與《中論》無異。《百論》以一隻「瓶」來舉例，說明一切物體都由因緣和合而成，所以無常、無自性、空。《百論．破根境品》的結論說：「眼色等為緣，如幻生諸識；若執為實有，幻喻不應成。世間諸所有，無不皆難測；根境理同然，智者何驚異！諸法如火輪，變化夢幻事，水月彗聲響，陽焰及浮雲。」（大正一五七〇．一八五）最後兩句中的「響」指回聲，「陽焰」是遠處的水氣幻光，都是變幻無常、不可捉摸的東西。這幾句頌文上承佛說「無常」，與《金剛經》中「一切有為法，如夢幻泡影，如露亦如電，當作如是觀」的意義相同。

中觀論者並不否定物質的存在，不過認為這種存在無常而不確定，沒有固定性質，一切事物必須依賴其他條件而存在，不能獨立存在。「色」只是一種假定的名稱，為了在現實世界中實際應用而給予一個名字，並不是真正有確定的本質，就如《金剛經》中所說：「諸微塵，如來說非微塵，是名微塵。」

《大智度論》卷三一：「四大和合因緣生出可見色，亦是假名。如四方風和合，扇水則生沫聚；四大和合成色亦如是。若離散四大，則無有色。……如經中說：『佛告羅陀：「此色眾破壞散滅，令無所有……」』」「如經中說」的「經」，指《阿含經》；「色眾」即「色蘊」。（大正一五〇九．二九二）

瑜伽系（唯識）

傳為彌勒菩薩所說的《瑜伽師地論》，在唯識宗是極重要的典籍。唯識宗重視「識」，本論首先談「五識身相應地」，即眼、耳、鼻、舌、身五識的性質、對象與作用，談的是「識」而不是「色」；但因「識」以色身為工具而發生作用，所以附帶的談到這種「識的工具」。該論卷一說：「彼（眼識）所緣者，謂色，有見有對。此復多種。略說有三，謂顯色、形色、表色。」（大正一五七九·二七九）其中不列無表色。三種色的說法與傳統者相同。談到表色時重視業與種子。

在論到「色蘊差別」時，分析欲界、色界、無色界三界中的色。欲界與色界都有色，不成問題，「說無色界無有諸色，非就勝定自在色說。何以故？由彼勝定於一切色皆得自在，諸定加行令現前故，當知此色名極微細定所生色。」（卷五三，大正一五七九·五九四）本論認為，在無色界中，由於高明的禪定功夫已到了自在境界，可以產生極微細的色。那當是無表色了。唯識系論師主張一切外境都是從識所變（或說「唯識所表」），定中生色那是很自然的事。

至於討論到一般物質的現象問題時，唯識系的說法與傳統性意見並無多大差別。如無著《顯揚聖教論》卷一：「色者有十五種，謂地、水、火、風、眼、耳、鼻、舌、身、色、聲、香、

味、觸一分及法處所攝色。」（大正一六〇二・四八三）

唯識宗在中國至唐代玄奘而興盛。玄奘大師畢生精力花於求法與譯經，他的弟子窺基則著作甚多。安慧的《大乘阿毘達磨雜集論》中對色法、心法的分析已極煩瑣，窺基作《雜集論述記》再大加引申。例如單是說青黃赤白等顯色，就以「彰數不同、形顯差別、假實有異、三界有無」四門來詳加分析，每一門中都討論本論與《大乘五蘊論》《瑜伽師地論》《顯揚聖教論》諸論中的說法有甚麼不同，為甚麼此論說有二十五種，而瑜伽論、顯揚論卻說有二十四種？而瑜伽、顯揚兩論中的二十四種色為甚麼又有小異？單是討論這問題，便花了幾乎一千七百字，而結論總是「故諸論說皆不相違」。單以討論「色法」而言，窺基主要做的是綜合排比功夫，並未提出自己的甚麼獨得之見。（中華大藏經第三輯，第九七、九八冊，頁五五一二二—五五一二四）

世親《破色心論》

唯識系雖對色的相頗為重視，但真正注重的，畢竟是心與心所法。世親《百法明門論》中的分類，色法只佔十一法，心法與心所有法共有五十九法，可見兩者的輕重相去極遠。

唯識系根本否定外界的色境為實有，雖然也說到色的現象，但所重視的，只是說明外境如何由內心的識虛妄演變而成。世親有《破色心論》（又名《唯識論》，與《成唯識論》不同）一卷，主題就在排除有「色」這一種東西。本論開始就說：

「唯識無境界，以無塵妄見，如人目有瞖，見毛月等事。若但心無塵，離外境妄見……」

真正有的，只有心識。論中引《十地經》說：「三界虛妄，但是一心作故。」由於人的心中先有了妄見，才錯誤的以為看到了外界的種種事物，好像有人的眼睛有病，見到空中有毛、有兩個月亮等。只要心中沒有妄見，外境的幻象也就消失了。

「問曰：……若但心識虛妄分別見外境界，不從色等外境界生眼識等者，以何義故，如來經中說眼色等十二種入？以如來說十二入故，明知應有色香味等外境界也。答曰：偈言：

「說色等諸入，為可化眾生，依前人受法，說言有化生。……如來如是說色等入，為令前人得受法故。以彼前人未解因緣諸法體空，非謂實有色香味等外諸境界。是故偈言『說色等諸入，為可化眾生』故。……為令聲聞解知，因彼六根六塵生六種識，眼識見色乃至身識覺觸，無有一法是實覺者，乃至無有一法是實覺者，為令可化諸眾生等作是觀察入人無我空……謂菩薩觀無外六塵，唯有內識虛妄見有內外根塵，而實無有色等外塵一法可見，乃至實無一觸

可覺。如是觀察，得入因緣諸法體空。」（大正一五八八．六三—六七）

世親假設疑問：如果沒有色入等十二入（處），為甚麼如來在《阿含經》中又說十二入？世親答覆說：如來這樣說，目的是在化導眾生，令他們終於明白人空、法空的道理。事實上，色聲香味觸都是沒有的。

本論否定一切物質現象為實有，是絕對唯心論，與有部的「法有」完全不同。本論充滿了唯識系的大乘思想，與《大乘五蘊論》不提如來、不提菩薩也完全不同。

如來藏系（真常）

大乘的另一個重要系統如來藏系（真常）論者主張「色心不二」，物質和精神本質上沒有分別，都是無常的東西，只有如來藏（佛性、法性、真如、真常）才永恆存在。

大乘佛家哲學在印度只宏揚中觀、瑜伽兩大派。如來藏系統的大乘經數量極多，但這個系統的法師們重經不重論，重信仰修行而不重哲學思惟，在宗教意義上說，它的方法與佛陀原意頗為符合，哲學上的著作自然相形見絀。

《大乘起信論》是如來藏系中最重要最精采的論典。這部論典到底是馬鳴菩薩的著作，是別的印度人的著作，還是中國人的著作，學者們有重大論爭，迄今沒有定論。在學術上，這問題當然值得討論；以修習佛法而言，我以為作者是誰並無多大關係。任何經論都是在佛滅之後數百年才寫定的。就算《大乘起信論》是中國人作的，它的崇高地位也沒有絲毫遜色。為甚麼一定要印度人作的論才有道理，中國人作的就不合佛法？東晉慧遠作《法性論》，鳩摩羅什見到之後讚嘆說：「邊方未見經，便闇與理合。」再者，佛陀一再說，婆羅門、刹帝利、毘舍（又作「吠舍」）、首陀羅四種姓平等無分別（如雜三四八經、一一四五經等），自然也認為任何種族的人都無分別。所有佛教徒都承認轉世之說。假定馬鳴菩薩或其他印度大菩薩，不求涅槃，轉世而為中國人，寫了這部《大乘起信論》，那麼認為這是「偽作」的人又如何說？

《大乘起信論》中說：「以一切色法本來是心，實無外色……所謂一切境界唯心妄起故有，若心離於妄動則一切境界滅，唯一真心無所不遍。」那麼為甚麼佛要說五蘊，要分為色（色蘊）和心（受想行識）呢？本論說：「是故一切法從本已來，非色非心，非智非識，非有非無，畢竟不可說相。而有言說者，當知如來善巧方便，假以言說引導眾生，其旨趣者皆為離念歸於真如，以念一切法令心生滅不入實智故。」意思說，佛所以說五蘊，說色心分別，目的是在開導眾生，由淺入深，最後終於心中不再轉念頭，不再妄起分別心，不再去研究這是物質，那是精神。只要對各種事物有思惟染着，心就有「生滅」（念頭不斷的產生和消滅），就得不到真實的智慧。所以本論教人修「真如三昧」：「不依氣息、不依形色、不依於空、不依地水火風，乃至不依見聞覺知。一切諸想隨念皆除，亦遣除想……」久而久之，就可由「生滅門」而進入「真如門」。（大正一六六六．五八〇—五八一）

三身，佛土佛國

大乘佛法認為如來有法身、報身、化身三身（「應身」之說，諸經不同，暫且不談。唯識系的三身稱為自性身、受用身、變化身，意思相同。至於再分為「自受用身」、「他受用身」等，是進一步的細分。）法身是佛的本體，無所不在，即是每個眾生的佛性、真如。報身只有菩薩等可以看得見，身形高大，貌相莊嚴，發無量光。化身則是佛陀在世間所現形相。這三身觀念，根本否定了精神與物質的界限。佛的身體基本上是精神性的，那是法身；報身有形象，但非人人可見；化身則有肉體。

大乘經中說，三千大千世界中有無量數的佛土佛國，和我們所住的世界大有不同，其中許許多多佛國根本是精神性的。在某些佛國中，亮光、香氣、味覺、觸覺都可以傳播佛法。對於這些佛土佛國，色蘊和色處的定義自然也完全不適用。

所以大乘佛法極少詳談五蘊、十二處。般若經認為物質是空，中觀系主張心不可住於色相，唯識系認為外界物質是唯識所變，真常系認為色心不二。在大乘佛法中，色蘊並不重要，只有唯識系才略加重視。

*****

「色」字有三義

「色」這個字在印度的梵文和巴利文中都是 **rūpa**。這字的語根是 **rūp**，梵文的原意是「看」或「畫」（見印度柏樂天教授〔Prof P. Pradhan〕與張建木合撰的〈俱舍論識小〉一文，《現代佛學》，一卷七期）。《梵英大字典》的解釋是：外表、現象、顏色、形象。倫敦巴利文佛典協會所出版的《英解巴利文字典》中，將 **rūpa** 譯作 **form**（形象）、**figure**（外貌）、**appearance**（外形）、**principle of form**（形象的本質）。美國耶魯大學梵文及比較哲學教授艾格登（**F. Edgerton**）以畢生之力研究佛教用梵文。因為佛教中所用的梵文，其實是一種混雜性梵文，文法及用字與一般梵文大有差異。他編了一部《佛教用混雜梵文字典》，其中對

rūpa 一字的解釋是「形象」。梵文和巴利文的原意無甚差別，都是指「所看到的東西」。從「所看到的東西」（形象）引申而為「所看到的東西裏面所包含的本質」（物質，或物質性），本來只指「相」，後來演化而增加了一個新的意義——「相之質」。這是很自然的引申。好像「波濤」本來只是大水的現象，但後來「波濤」就等於是大水，更引申為危險、禍患、變幻等意義。

所以，色或有形而可見，或雖不可見而有質（如黑暗中的物體）。雜含三七七經：

「『譬如，比丘！畫師、畫師弟子集種種彩色，欲莊（粧）畫虛空，寧能畫不？』比丘白佛：『不能，世尊！所以者何？彼虛空者，非色、無對、不可見。』」

佛陀說五蘊，以「色」字指第一蘊色蘊，簡稱之為「色」。於是「色」字有了第三個意義——色蘊。色蘊的直譯，是「一堆看得見的東西」。

佛陀為甚麼不直截了當的說「你的肉體」，卻使用一個抽象性的名詞「色蘊」？如果說肉體，豈不是免卻了後世許多混亂？

佛說五蘊，是教人以客觀的態度，來冷眼旁觀自己身體。如果說：「觀察我的肉體如何如何」，首先，其中有「我」與「我的」，那是必須避免的；其次，「我的肉體」這個概念，必定會使人有種種聯想，自然而然會有愛惜、貪戀、珍重健康等等情感產生，這正是佛陀期望人們努力消除的。但如說：「觀察這一堆看得見的東西」，就比較容易站在第三者的立場，理智的觀察自己的肉體。那是將「這一堆看得見的東西」放在想像中的實驗室裏，通過「正見」的透鏡，絲毫不涉情感的冷靜觀察，看「這堆東西」到底是無常還是有常，是「我」還是「非我」。

所以，「色蘊」這個專門性名詞，遠比「你的肉體」、「我的肉體」為佳。曰常用語中的名稱，必定會引起人許許多多聯想，以致不容易集中精神來觀察和思索。

雖然色蘊簡稱為「色」，色處和物質也都稱為「色」，但本來是不會發生混亂的。「色」字和受想行識一起用，一定指色蘊；和聲香味觸一起用，一定指色處；是不是指物質，在上下文中很容易分辨。

在任何語言中，大多數單字都含有許多不同意義，一字只有一義的情況很少。我們查字典，在每一個字下面，通常總可見到幾種以至幾十種不同解釋。佛學中的「色」字只包括三種意義，算是少的了。就梵文中的「法」字來說，據近代學者研究，在佛學中有二十七種不同含義。

使用簡稱，也是日常生活中的常事，一般是不會弄錯的。例如「經律論」中的「經」，指三藏中的佛經；「經史子集」中的「經」，指儒家的四書五經；「金融財經」中的「經」，指經濟；「東經北緯」中的「經」，指地理上的經度等等。不會有人以為「經律論」三藏的「經」中，會包括《易經》、《詩經》、《書經》、《道德經》、基督教《聖經》、回教《可蘭經》等。

佛學中色蘊、色處、物質三者雖然都同稱「色」，意義明確不同。所以引起混亂，相信並非由於誤解，而是某些小乘論師的故意混同，用以支持他們哲學上的論點。

在中文中，「色」字主要有「顏色」及「容貌」兩種意義。「女色」之「色」，是從「容貌」的意義中引申出來的。「酒色財氣」之「色」，是「愛好女色」的意思，又是從「女色」的意義中引申出來。中文佛學中的「色」字，卻成為一個專門名詞，只和梵文的 rūpa 相等，同樣含有色蘊、色處、物質三種意義，而和中文原來的「色」字脫離了聯繫。讀佛書的人，不會誤會「色」字有「容貌、女色」的含義。由此可見，既成為專門名詞，意義就有了嚴格範圍，不能再和該字的本義相混。

「色」字既有三種含義，近代西方佛學者也主要有三種不同譯法，有人譯作 body（身體，有人譯作 form 或 phenomenon of matter（形象，或物質現象），有人譯作 matter（物質）或

materiality（物質性）。準確的方式，是應當在三種不同場合中分別使用三種不同的字眼。如果只用一種譯法，而在三種不同場合中同時使用，結果必定是錯了兩次，只對一次。因為西方佛學者不像中國的佛經翻譯家那樣聰明，新創一個特定的專門名詞（technical term），就像中文的「色」字那樣，使之與 rūpa 這字相等，於是一字三用，全部正確。西方的佛學著作中有些索性不譯，直接使用梵文的 rūpa，那就既簡便，又正確。

英國邏輯學家傑文斯（W. S. Jevons）所作的《邏輯初基》（*Elementary Lessons in Logic*）一書中有這樣的話：

「只有一個清楚明確的意義、更無第二個意義的字眼，比較上是相當少的，如果不知不覺的混用了兩個或兩個以上的意義，我們不可避免的便犯了邏輯上的錯誤。」邏輯上的詞語分為兩種，只有一個意義的，稱為「單義詞」（univocal term），具有兩個或兩個以上意義的，稱為「複義詞」（equivocal term）。「如果一個人使用複義詞，把一個詞語的幾種不同意義混淆了起來，在邏輯上稱為犯了『複義詞的謬誤』。」他舉了許多例子，例如「教堂」是單義詞，「教會」是複義詞，因為「教會」這個詞有時指教堂，有時指宗教，有時指宗教團體，有時指禮拜。（頁二七—三〇）

「色」這個字是複義詞，在不同場合下有不同意義，不能當它是單義詞來使用。許多佛學者學問深湛，在這個簡單問題上卻弄不清楚。尼那波涅卡長老（Nyanaponika Thera，也稱向智長老）對巴利文佛學研究之精，是所有學者都十分佩服的。然而他在《大羅睺羅經》的註釋中這樣說：「我們相信，阿毘達磨的學者們會一致同意，對於『色』這個字，在可能範圍內的最佳譯法是『物質』。『身體』也是很適合的同義語，這表示一個人物質性的體貌。我們對於『形象』的譯法雖然十分不贊成，然而在西方哲學中，『物質』的常在不滅性，與『形象』的無常性，具有相反意義，所以我們還是保留了通用的『形象』的譯法。」（《法輪叢刊》，三三期，頁二九—三〇）

其實「色」這個字，既同時具有形象、物質（或物質性）、身體三種意義，就不必硬要用一個英文字來譯它的三種意義，事實上這也是不可能的。好像英文中 colour 這個字，有顏色、染料、軍旗、徽章、外貌、生動、膚色、音色等等不同意義，不能將「向軍旗敬禮」譯成「向顏色敬禮」，不能說「黑人」是「顏色人」，「文筆華美」不能譯為「文章中充滿了各種顏色」，「某小姐羞紅了臉」不能譯作「某小姐的臉顏色了」。雖然，在上述的句子中，英文字都是同一個 colour。

各家英譯

當代印度佛學者中最受人重視的可能是穆諦（T. R. V. Murti）教授。他的《佛教的中心哲學》（*The Central Philosophy of Buddhism*）一書，公認為是研究龍樹中觀思想的權威之作，書中對色蘊稱為「人的物質性形象」（material form）（頁五三）。

錫蘭佛學者很多，幾乎沒有例外，都是屬於南傳上座系的。最近逝世的迦耶蒂蘭凱（K. N. Jayatilleke）教授，主要由於他那部《早期佛教的認識論》（*Early Buddhist Theory of Knowledge*）一書，在世界佛學界很有地位。他另一部著作《佛陀的啟示》（*The Message of the Buddha*）是通俗性的，其中稱色蘊為「有機的肉體」（organic body）（頁七一）。

緬甸是佛教國家，長期受英國統治，知識分子懂英文的甚多，但重要的英文佛學著作卻頗為寥寥。緬甸佛學家蒂蒂拉（P. A. Thittila）以英文翻譯緬文的南傳第二部阿毘達磨《分別論》（*The Book of Analysis*，巴利文：Vibhaṅga），其中將色蘊譯為「物質性」。（頁一）

英國巴利聖典協會（Pāli Text Society，略稱 PTS）的創辦人里斯．戴維斯夫婦合譯巴利文《長阿含經》，書名《佛陀對話錄》（*Dialogues of the Buddha*），其中將色蘊譯為「物質性」（卷三，頁二二四、二五五）。

以研究及翻譯般若經知世名於的德裔英國學者孔茲（Edward Conze），在《佛教的要義及其發展》（*Buddhism: Its Essence and Development*）一書中，將色蘊解釋為「肉體」（the body）（頁一四）。

德國學者格林（George Grimm）所著《佛陀的教義：理智與禪定的宗教》（*The Doctrine of the Buddha: The Religion of Reason and Meditation*）一書，在西方佛學界很受重觀，其中把色蘊譯為「肉體」，或「肉體的形象」。（頁六七）。

美國哈佛大學所出版的《佛典選譯》（*Buddhism in Translations*），於一八九六年發行初版，因譯者華倫（H. C. Warren）編選簡明，譯筆暢達，八十年來銷行不衰（顧法嚴先生選擇其中一部份譯為中文，書名《原始佛典選譯》），該書將色蘊譯為人身的「形象類」或「形象組」（form-group）。（頁一五五）。

蘇聯佛學的列寧格勒學派在二次世界大戰之前相當興盛，這個學派的領導人是舍爾巴茨基（F. Th. Stcherbatsky），他對佛家因明的研究迄今仍然很少有人超過。他的《佛學邏輯》（*Buddhist Logic*）一書中，沒有直接談到色蘊，只在討論小乘部派對受、想、行、識等心理活動的看法時，提到與之相對的「人體的物質因素」（physical element），當是指色蘊而言。（頁五〇七）。

以《涅槃的心理》（*The Psychology of Nirvana*）一書而奠定其佛學地位的瑞典學者約翰森（**Rune Johansson**，他現在是瑞典國防部研究院的生物技術研究處處長），在他那部名著中說：「從上下文看來，我們可以確信，『色蘊』這個字是指『身體』，因為 rūpa 這字有時用 kāya（身體）來代替。」（頁七〇）

日本佛學者中，在世界上最著名的自然是鈴木大拙，其次或許是大正新修大藏經的都監高楠順次郎。他們兩位都有不少見解精闢、極有價值的日文和英文著作。鈴木氏的英文著作《禪學論文集》（*Studies in Zen*）第三集中，對於色蘊的解釋與西方學者頗為不同：「形象、感覺、思想、心態、意識這五種東西，在佛教的專門術語中稱為五蘊，即一切存在事物的基本成份。因此，當提到五蘊的時候，我們可以認為是指整個物質和精神的世界。」（頁二六四）。對於鈴木氏，色蘊是「形象」，是整個物質世界。那是東方佛教界的傳統理解。

高楠順次郎的英文著作《佛教哲學要義》（*The Essentials of Buddhist Philosophy*）中的意見，似乎介乎鈴木氏與西方學者之間：「人與宇宙的構造是相同的，都包括物質與精神，分別是，在人，以精神為主，在宇宙則以物質為主。人包括五組——形象（肉體）、知覺、觀念、意志、意識（心）。」（頁七二）。

另一位在國際佛學界享大名的中村元，他那部極受重視的著作，書名是《東方民族的思想方式》，討論的是印度、中國內地、中國西藏、日本四地佛教徒的思想方式，其中把色蘊譯為「形象」、「構成人之存在的物質因素」（頁九一），另一處地方則譯作「物質性」（頁五四）。

在佛學辭典中，英國佛學會會長漢弗萊斯（Christmas Humphreys）所編的《常用佛學辭典》（*A Popular Dictionary of Buddhism*）中對色蘊的解說是：「肉體，由物質及細微物質所組成」（the material body composed of physical and etheric matter）。英國林格（T. O. Ling）教授所編《佛學辭典》（*A Dictionary of Buddhism*）中解說為：「人體不斷變動的物質性因素。」在錫蘭出家並成為長老的德國著名學者奈那地羅卡（Nyanaliloka，這是他出家後的法名，又名三界智大長老）所編《佛教徒辭典》（*Buddhist Dictionary*）中，解說為：「肉體組」。泰國出版的《漢梵英泰佛學辭典》中，色蘊的英譯是form（形象）。

威廉斯（Sir. M. M. Williams）編的《梵英大字典》（*A Sanskrit-English Dictionary*）中對色蘊的解釋：「佛教中的五蘊之一，指有機的肉體（the organized body）。」《大英百科全書》（一九五九年版）「佛陀及佛學」條中，稱色蘊為「肉體」。盧恩（D. D. Runes）編《哲學辭典》（*The Dictionary of Philosophy*）「佛學」條中，稱色蘊為「身體的形象」。

單就色蘊而言，我以為譯作「活人的肉體」（living body）或「有機的肉體「（organic body）最為妥善。如單是譯作body，在英文中「屍體」與「身體」沒有分別，表示不出「活生生的」之意。

在色處的意義下，最流行的是譯作form（形象）。那是很準確的。「形象」只是「可見的現象」，不包括聲處、香處、味處、觸處的「物質性現象」。形象更不是物質。《韋伯斯特國際英文大字典》（*Webster's International Dictionary*，又稱《韋氏大詞典》）中解釋「物質」這字時說：「物質是有實質的東西，一方面是『精神』的對義字，另一方面是『形象』的對義字。」但如以「形象」來代表色蘊，就不大準確了。

在作為「物質」的意義時，「物質性」這詞比「物質」為佳，因為「物質性」含有「四大是物性，不是物質」的意義。

下面三位近代外國佛學者說明佛法中關於物質的觀念，我以為是很合理的：

錫蘭佛學家迦耶蒂蘭凱（K. N. Jayatilleke）說：「在佛教傳統中，除了極端唯心論的唯識宗思想之外，一般關於物質的觀念基本上是相同的。肯定物質世界為客觀的存在。他們認為，物並不是心，物質獨立存在於思想之外。」（《佛陀的啟示》〔*The Message of the Buddha*〕，頁六六）

印度的巴沙姆教授（Prof. A. L. Basham）說：「佛家所說的物質元素，並不是永恆存在的，這與其他三個宗派不同，因為佛教十分堅定的主張，一切事物無常。」（《邪命外道的歷史與教義》〔*History and Doctrines of the Ajivikas*〕，頁二六七）

英國的阿瑟．基思爵士（Sir Arthur B. Keith）是較早期的佛學者，他說：佛教中的物質元素，可以說是「閃動跳躍而化為物質；它的基本特性是行動或作用，因此，可以將之比作為一種能量的凝聚」。（《印度及錫蘭的佛教哲學》〔*Buddhist Philosophy in India and Ceylon*〕，頁一六一）

結論

佛說色蘊，教導世人：

一、無常、苦——肉體的成長、衰老、疾苦、死亡，每個人都不能避免。這是生命的必然痛苦。

二、因緣、空、非我——身體的形成和消逝，是由於各種關係和條件（因緣），所以是「空」的。身體無常，不穩定，依賴於其他的關係和條件，不是自己所能控制，因此身體不是「真正的我」——非我。

三、解脫——要解脫生命中的大痛苦，得到永遠而真正的自由自在，第一步是正確認識肉體（色蘊）並非「真我」。

四、無住、無着——人生的煩惱，來自對色、聲、香、味、觸、法、一切人、事、物的貪戀關切（「住」「着」），如能減少這種慾望和痴愛（「無住」「無着」），煩惱就能逐漸消滅，有助於得到解脫。（小乘有部論師對外物的研究分析是哲學，不是佛法。要了解外物，以研究現代物理學為妥。）

《阿含經》談論認識「色蘊非我」而得到解脫；大乘經則談如何能得到與佛一樣的正覺；般若系用的是「空、無相、無作」的方法；唯識系用的是「轉識成智」的方法，真常系用的是「明心見性」的方法。方法不同，目標則一。

下面這段來自大乘經《維摩詰所說經》，當中所用的各種譬喻都源自《阿含經》，其中所說的身，在《阿含經》中都用色或色蘊，可見色蘊即身。以下所引這段經文的最後兩句，則是大乘佛法的精義。

「是身無常、無強、無力、無堅、速朽之法，不可信也！為苦、為惱，眾病所集。諸仁者！如此身，明智者所不怙；是身如聚沫，不可撮摩；是身如泡，不得久立；是身如炎，從渴愛生；是身如芭蕉，中無有堅；是身如幻，從顛倒起；是身如夢，為虛妄見；是身如影，從業緣現；是身如響，屬諸因緣；是身如浮雲，須臾變滅；是身如電，念念不住；是身無主，為如地；是身無我，為如火；是身無壽，為如風；是身無人，為如水；是身不實，四大為家；是身為空，離我、我所；是身無知，如草木瓦礫；是身無作，風力所轉；是身不淨，穢惡充滿；是身為虛偽，雖假以澡浴衣食，必歸磨滅；是身為災，百一病惱；是身如丘井，為老所逼；是身無定，為要當死；是身如毒蛇、如怨賊、如空聚，陰、界、諸入所共合成。

「諸仁者！此可患厭，當樂佛身。所以者何？佛身者即法身也！」（《維摩詰所說經・方便品》，大正四七五・五三九）

一九七七年十月九日晨初稿寫畢（全文完）

後記

我初學佛法，所知甚淺，丁巳年農曆年初一到初三，為了五蘊問題弄不清楚，深感苦悶，決心好好鑽研，本文可說是學習色蘊的筆記，以下接着談受想行識。所以在《內明》發表，只是盼望能以淺顯文字，敍述一得之見，對於初學佛的人士有一點點幫助。其中謬誤之處，敬盼讀者指正，實深感激。

我於一九七六年十二月間開始親近佛法，不明途徑，致函《內明》雜誌求教。本刊編者沈九成兄素不相識，即行熱心指點，告以：「當從《阿含經》着手。」並惠借《雜阿含經》，又稱：「當年在上海時親近太虛法師，承蒙開示：從《阿含經》着手，可以少走許多冤枉路。」妙法寺洗塵法師多加獎勉，並慨賜「中華大藏經」一部，令我得以初窺大乘佛法門戶。頃奉印順法師自新加坡賜函，指示：「若進求《大智度論》，可見初期大乘之完形。」又示：「佛法真義，固當於四含、般若、龍樹諸論求之。」演培法師賜函，諸多勉勵。我於印演二公各種撰作得益極多，印公之「妙雲集」尤為指路明燈。

謹略述以上因緣，稍表感惠之情。

一九七七年十一月二十日

學佛札記

佛義淺釋

人由地、水、風、火四大（物質），空隙，以及心識六種東西合成。活人和死人的分別，只在於有沒有心識。

心識是看不見的精神。

佛學的基礎，在於眾生（包括人）非轉世不可，從此世至他世，永無窮無盡。生了要死，死了又要生。佛陀在菩提樹下深思四十九天而悟道，最先看到的，是他前生一世又一世的種種經歷。若果眾生死亡之後永遠斷滅無所有，那麼生命中的痛苦和煩惱就此解脫，一了百了，佛陀的一切教導也就完全沒有必要。

死亡只有過是生命之旅中的一個中間站，下了一架飛機，又須搭上另一架飛機，繼續永無停歇的航行，想要清靜下來好好休息，再也不必經歷旅途中的勞頓、動盪、騷擾、噪鬧、劫機的威脅、時時刻刻的變幻，卻無論如何辦不到。

下機很簡單。下機到了站，旅客必須下機，想在機上多停一會兒也不行。問題是在又會搭上另一架飛機。然而並不是有誰拿了手槍利刀逼迫人上機，而是旅客自己心中有熱切上機的慾望，剛從一架飛機下來，匆匆忙忙的又奔上另一架正開動引擎準備起飛的飛機。

真正的關鍵，是在旅客一方面深感旅行之苦，一方面卻偏偏要旅行。

佛陀在生之時，也是飛機中的一位旅客，他覺悟到了不再繼續旅行的道理和方法，向飛機中的其他旅客們說：「各位不必這樣愁眉苦臉、怨氣沖天，儘管心平氣和的享受空中小姐端上來的飲食，欣賞機外的雲彩風景，保持旅途中的心境愉快。到站之後不想繼續旅行，卻也不是辦不到。你們不要再搶着搭下一架飛機，要從出口處離開機場，回家去清靜平安、快快樂樂的休息，以後再也不到機場來搭飛機就是了。你們又不是暴徒的人質，誰也沒有強迫你們再上機。」

旅客中有人遵從佛陀的教導，果然在機上就得到了心境的平安喜樂。飛機降落之後，他們果然不再搶着搭下一架飛機，從出口處離開機場回家，從此清靜安樂。這些旅客，稱為「阿羅漢」。

有些旅客對佛陀的教導倒也深信不疑，但對於旅途之中的種種刺激、愉快的感受、機上的飲食酒水、空中小姐美麗的容貌頗為戀戀不捨，出了機場之後並不回家，在機場附近的大旅館中寄宿。第二天，又回到機場來搭機了，上了飛機之後，好生懊悔，想到佛陀的教導，決心這一次下機，再也不搭飛機了。第二次果然不再搭機的人，叫做「斯陀含」，意思是「一次往來」。三心兩意，一共搭了七次才終於不再搭的旅客，叫做「須陀洹」，意思是「七次往來」。

所有聽到佛陀教導而接受的旅客，稱為「聲聞」，意思是「聽到了佛陀聲音的人」。在別的飛機中的旅客，有少數人自己覺悟到，只須離開機場回家就可不再受旅程之苦，他們自行回家，卻不向別的旅客宣說。這些人稱為「辟支佛」。「辟支」是「獨自」的意思，「佛」是「覺悟」的意思，所以辟支佛意譯是「獨覺」；或者稱為「緣覺」，意思是「覺悟到了生命道理的人」。

有些旅客良心極好，心裏想：「佛陀的教導真對。我此刻雖坐在飛機之中飛行，但知道隨時可以不再搭飛機，心裏一點也不焦慮煩惱。但世上不知道佛陀所說道理的人還多得很，我還是繼續旅行，不斷向新的旅客述說佛陀所教的道理。」於是他們繼續旅行，但旅行的目的是在傳播佛陀的道理，好使世上有更多的旅客能夠解除生命之旅的困擾。他們雖然坐在飛機之中，心情卻和別的旅客完全不同，一點也不覺得痛苦。這些有慈悲心腸的旅客，叫做「菩薩」。有些菩薩不但在機上講述佛陀的道理，還寫了小冊子向別架飛機中的旅客散發，使得明白道理的人更多，這些人稱為「大菩薩」。

聲聞和緣覺只是自己不再搭飛機，雖然由於他們的榜樣，也能引導一些旅客倣行，但影響較小，所以大乘菩薩稱他們為「小乘」。「乘」是交通工具，是機場上載客離開機場的汽車，小乘是小汽車，載不了幾個人。聲聞、獨覺上車之後，自行駕車離去，偶爾也附搭幾名其他旅客。「大乘」是巨型公共汽車，可以接載大批旅客。菩薩站在公共汽車旁邊，呼喚旅客上車，離開機場。菩薩自己卻又搭上另一架飛機，繼續向人傳道。

聲聞之中也有許多是好心腸的，也像菩薩那樣熱心傳道，只不過並非人人這樣。有些聲聞將佛陀的話記錄下來，留在座位上，好讓後來的乘客見到，那就是「阿含經」。有些菩薩記錄了佛陀傳道的方法，記錄佛陀留在飛機上傳道的偉大精神，也記錄了佛陀當時所說的一部份話，那就是「大乘經」。

後來的乘客見到了前人所留下的記錄，誦讀之後照做，同時又抄錄幾份，留在各處座位上，但偶然也有些抄錯了。有些乘客覺得原來的記錄太過簡單，恐怕別人不懂，於是寫下了自己的意見，附以機場出口圖，那就是小乘、大乘的各種「論」。有些論的意見極好，有些難免不大好，所繪的機場出口圖方向不正確。讀了這些論的旅客，有些能迅速離開機場，有些卻轉了幾個圈子又搭上了另一架飛機。

有些旅客覺得機場的出口處太難找，座位上所留的小冊子和地圖又看不懂，決定遵照一種簡單方法：下機之後，只要看到西方有一架飛機，機身上寫着「淨土」兩個大字的，你嘴裏不斷唸「阿彌陀佛」，就有人引導你搭上去。這架飛機中設備好極，機長、副駕駛員、空中小姐都能清楚明瞭地指點下一站離開機場的途徑，只要搭上了這架「淨土佛號」飛機，就保證你必定能夠回家。「淨土佛號」飛行的時間極長，好在機上生活十分舒適，時間長一些也不要緊。這一類旅客，屬於「淨土宗」，「阿彌陀佛」是搭「淨土佛號」飛機的登機證。

小冊子種類很多，有的教人從南面出口離開機場，有的教人從北面出口離開。機場的出口很多，有的遠些，有的近些，只要不迷失方向，不論從哪一個出口都能離開機場的。看了「南口離場手冊」的旅客，不必指責「北口離場手冊」中的說明和地圖不對，反過來也是一樣。

離開機場，就是解脫，就是不再受生命之旅中的種種痛苦煩擾。

至於回家之後的生活，到底是怎樣平安喜樂呢？佛陀說：「你們在飛機上出生，在飛機上長大，一輩子都在飛機上過日子，從來沒有享受過家中的清靜安定生活，跟你們說了，你們也不會懂的。回家之後，自然會知道的。」

有些旅客努力想描述回家之後的生活狀況，但因為大家都從來沒有回家過，所有的描述都是不正確的。有人聽說家中有一張牀，可以躺下來舒舒服服的睡覺，於是描寫說：牀比飛機中的座位寬大一倍，兩隻腳可以多伸展一尺。有人聽說家中有花園，於是描寫說：花園是一隻大花盆，可以把飛機中菜單上所印的花剪下來插在盆種，十分美麗。

大多數旅客不相信，認為除了飛機之外，根本沒有甚麼家、花園、街道、河流之類的東西。他們堅決相信：旅行的最大目的，是將別的旅客擠開去，好讓自己坐得舒服一些，把別的旅客的午餐、晚餐搶過來，自己多吃幾份。在這架飛機上這樣幹，到了下一架，仍是這樣幹。

佛教八宗

中國佛教的各宗都依據印度傳來的佛法而建立，然而主要是以中國人的思想方式而構成理論體系，修行法門也和中國人的民族性相結合。佛陀應機說教，有八萬四千法門（形容其多，不一定真正不多不少是八萬四千），根據對方不同的個性而採用不同方法，那是佛陀傳法的特點。但不論方式、方法怎樣千變萬化，最後總是歸結到同一目標上：使眾生解脫生命中的基本痛苦。

成實宗　俱舍宗

成實宗根據《成實論》而建立，俱舍宗根據《俱舍論》而建立，都是小乘。這兩宗與其說是佛教中的宗派，還不如說是佛家哲學的派系。對於色蘊以及其他問題的看法，這兩宗與印度原來的兩部論典沒有甚麼不同。

三論宗

三論宗依據《中論》《十二門論》《百論》三部論典成宗。但本宗大師的立論，與印度的論典已頗有差異。例如嘉祥大師的《中觀論疏》，大量引用如來藏系的經典以解釋《中論》。該疏引證淵博，見地精闢，條理明晰，解釋周詳，單以說理而言，我覺得遠勝於印度的青目《釋論》《順中論》《般若燈論》等論典。然而其中的意見，不免與龍樹的原意頗有距離。嘉祥大師在其疏中談論《中論·觀五陰品》中的「色陰」問題時說：「又二乘雖知五陰空、不知五陰即在佛性。《涅槃經》云『眾生佛性住五陰中』。問：若五陰中別有佛性，與外道陰內有我何異？答：了其五陰本來寂滅名為佛性，不別有佛性，住在陰身。」《涅槃經》是如來藏系的重要大乘經，引《涅槃經》說眾生佛性與五陰為一，已可說是如來藏系的理論。不過嘉祥大師的解說是十分善巧通達的。

疏中又說：「問：若觀五陰畢竟空者，佛何故分別五陰？答：佛分別五者，欲因分別，令知五陰是空。而封教之徒不領陰空、但存分別，故失佛意。」（以上見大正一八二四·六六）說法與《大乘起信論》相似。不過《大乘起信論》說，佛分別說五蘊，目的是令聽法者「歸於真如」；三論宗的大師則說是「令知五陰是空」。兩者分別從本系的立場來說，一說「真如」，一說「空」。

天台宗

天台宗尊《法華經》，根據《大智度論》而圓融空諦、假諦、中諦。智者大師的《妙法蓮華經玄義》（法華玄義）、《妙法蓮華經文句》（法華文句）、《摩訶止觀》三部巨著，後人稱為「天台三大部」。天台宗的基本教理，都在這三大部中詳加闡述，修行的重點在於「觀心」，對於「色」自然不加重視。

《法華玄義》通過對《法華經》要旨的解說，來說明空諦、假諦、中諦這三種真理的圓融性、一致性。假諦說世俗世界中的現象；空諦說各種現象的本體；各種現象中包含本體，本在各種現象中顯示，兩者沒有分別，既不說現象為實有，也不說沒有法性本體，那是中諦。

《法華玄義》卷三中又說有兩種智慧——「權智」（技巧的智慧，即「方便」）、「實智」（真實的智慧）——「即色是空、不空，一切法趣色、趣空、趣不空。一切法趣色、趣空是權智；一切法趣不空是實智。如此實智即是權智，權智即實智，無二無別。為化眾生，種種隨緣、隨欲、隨宜、隨治、隨悟。」根據當時的環境與條件，聽法者不同的需求、個性、缺點、智力，而以不同的方式來技巧地化度，使他們既明白一切物質現象中的空性，又明白「空」並不等於「一無所有」，那就是《妙法蓮華經》的「妙法」。（《中華大藏

經》，二輯三冊．一七七八）

《法華文句》是通過解釋《法華經》的經句而闡述天台宗的要旨。智者大師判別佛的說法為藏、通、別、圓四教。傳到中國的各種佛經之間，相互有重大歧異，智者大師的解釋是：由於聽法者的領悟力不同，所以佛陀的說法也有淺深之別，《阿含經》的「藏教」（藏指「三藏」，專教小乘）最淺，《法華經》《涅槃經》則是佛陀最後所說、最圓滿的「圓教」。「通教」（通於大小乘）與「別教」（專教大乘）則介乎其間。

《法華文句》中以眼睛見到鏡中自己臉容這件事（其中包括五蘊、眼處、色處、眼識），來比喻四教為何用不同方法來解釋「無生智」（「無生」也就「無滅」，得到了「無生智」，也就是得到後解脫）：

一、藏教：開眼見到鏡中的臉，是生。閉眼不見，是不生。頭比喻現在的因，鏡中像比喻未來的果。佛在《阿含經》中所教的方法是，人生痛苦在於有心識，閉眼不看鏡子，心識不會生起，識滅則世間滅，鏡中雖有臉的形象，對於閉眼者卻是沒有「色」，根本不會產生「色是我」等等念頭，那就得到解脫，不會再有來世了（「不受後有」）。

二、通教：「如幻人，執幻鏡，以幻六分（六分即頭，幻六分即假頭），臨幻鏡，覩幻像。」

一切都是假的，雖然有生，也是假的。（如說大小乘共行的方等經、般若經。）

三、別教：鏡好比是法界（法界即是萬事萬物的本體），觀者是得了無生智的菩薩，可以隨心所欲的在鏡中看到任何形象，可以看到地獄、餓鬼、畜生，也可看到人、天、菩薩、佛，不想看到任何形象也可以。鏡中不論有沒有像，其實都是沒有像。（如《華嚴經》）

四、圓教：看鏡子是圓團團的一個東西，不看鏡面，不看鏡背，也不看鏡中形象，相貌的邪正善惡，一無差別，「一切皆泯，但緣諸法實相，法性佛性，若色若香無非實想。觀煩惱業生即無生，無生不生，故曰無生。陰、入、界苦即是法身……無所可照性自明了，業行繫縛，皆名解脫，非斷縛得脫，亦無體可繫，亦無能繫，故稱解脫。解脫即業不生……」（以上均見《中華大藏經》，二輯四冊，二六一三—二六一五）

這四個比喻是相當形象化的，似乎較易使人明白天台宗判教的大致內容，同時也說明了天台宗對於色蘊與色處的觀點。

《摩訶止觀》是天台宗的修行方法。在修止觀之前，有各種必要的準備工作。止觀由淺入深，共有十個境界，最淺的第一境是「陰入界境」，觀五陰、十二入、十八界。其中引述《大毘婆沙論》的意見，說明佛為甚麼要將人身分為五陰、十二入、十八界：如果某人對精神作用有迷惑，那就說五陰，把心分為受想行識四類來詳細說明，肉體則只列為色陰一種；如果某人對物質現象有迷惑，就對他說十二入，把物質現象分為十入及法入中的一部份來詳加說明，精神作用就不詳細說了；如果有人對精神、物質兩種現象都迷惑，那就說十八界，物質與精神兩類現象都詳細分列地說明。

《摩訶止觀》卷五認為心是根本，對色、受、想、行四陰可以放開不理，只須觀識陰，「界內外一切陰入皆由心起。佛告比丘：『一切法攝一切法所謂心是。』……若欲觀察須伐其根，如灸病得穴。今當去丈就尺去尺就寸，置色等四陰但觀識陰，識陰者心是也。」（《中華大藏經》，二輯四冊，二九五四—二九五五）

唯識宗

唯識宗又名法相宗（歐陽竟無則說兩者有別），注重研究現象（相），最後目標則是「轉識成智」，化世俗知識為出世智慧，破除現象界中虛妄的、相對性的認識，而最後見到圓成實相（真如）。但因對物質現象（色法）與精神現象（心法）分析過於細密，如果不是具有大根器的人，或許會在世俗知識的泥淖中轉來轉去，轉不上去。對於頭腦精密、個性相近的人，自然那也是極好的修行法門。

華嚴宗

華嚴宗的理論體系到賢首大師法藏而完整建立，所以華嚴宗又稱賢首宗。該宗用「事法界」的名詞來包括宇宙面一切有差別的種種事物，包括物質現象，也包括精神現象，英國近代大哲懷海德、羅素都以「事」（events）來包括物質與精神的現象，說法與華嚴宗有共通處。

在華嚴宗的體系中，共有四種法界：

一、事法界：一切物質、精神的種種不同現象。

二、理法界：一切物質、精神的本體，就是真如、法性。

三、理事無礙法界：一切事物的現象與本體，兩者其實並沒有分別，現象就是本體，本體就是現象。

四、事事無礙法界：一切事物互相都有不可分離的關係，部份就是全體，全體就是部份，稱為「一即一切，一切即一」。每一粒微塵、一根毛髮之中，也包含了全部真如、法性。

在華嚴宗的理論中，以「一心法界」融會四法界，所以物質與精神根本不可分，都是「一心」反映出來的種種現象。

唐朝武則天做皇帝時（大周），曾要賢首解釋佛法的道理。賢首大師以宮殿中的金師子（「師子」就是獅子）作比喻來簡單說明，那就是有名的《華嚴金師子章》。這篇文章有三種英文譯本，分別由Derk Bodde、Wing-Tsit Chan、張澄基三位教授所譯，在西方佛學界廣為人知。

《金師子章》與本文所討論問題有關的部份，內容大致是這樣：

黃金比喻真如、本體，並無確定的現象（理法界）。工匠用黃金鑄成了一隻獅子，就出了現象（事法界）。金獅子以黃金為因，靠工匠的鑄造為緣而產生（因緣）。金獅子的現象其實是空的，黃金的本質才是實有，然而黃金並無自性，沒有確定的現象，鑄金獅固然可以，鑄金虎、金豹也可以，甚至可以鎔成液體（色空）。如果沒有黃金，就不可能有金獅子這個現象（無相）。鑄成金獅子之前，黃金本來就有，並非因鑄獅才產生黃金；將金獅子打爛消融了，黃金還是存在（不生不滅）。黃金與金獅同時存在，互相並不妨礙（理事無礙）。如果只注意獅子的形相，就看不到黃金；如果只注意黃金，就看不到獅子；如果兩者都注意，可以同時看到黃金和獅子（隱顯俱成）。金獅的眼睛、耳朵、四肢、每一根獅毛的細節之中，都有金獅子存在。每一個細節都不可缺少，而每一個細節又不妨礙其他所有細節的存在。在每一個細節之中，都包括了其他的所有細節，所有細節都互相依賴配合（事事無礙）。黃金分別以金獅子的眼、耳、腳、毛等種種不同形象顯現，而金獅子身上的任何東西都是黃金，本質並無分別（「一即一切，一切即一」）。金獅子這東西是靠各種關係和條件而存在，本身並非實有，並非常恆不變，也即是「空」的，能了解這個道理，那就是真正的智慧（「菩提」）。最後心中對獅子、黃金、金獅子的形象全都不加關注，對金獅子的存在或消失全不着念，對外界現象完全不生愛憎、是非、好醜等分別心，那就是真正解脫（涅槃）。（大正一八八〇——一八八一．六六三——六七〇）

禪宗

達摩祖師是中國禪宗的初祖，以四卷《楞伽經》為傳授佛法的心要。據他弟子曇林在《菩提達磨大師略辨大乘入道四行觀》所記，達摩親說的「入道四行觀」云：「深信含生同一真性，但為客塵妄覆不能顯了。」主旨是除去心中對外境事物的錯誤觀念，由此而顯出本性，簡單說就是「明心見性」，本質是如來藏的法門。如《楞伽經》卷一：「如來藏自性清淨，將三十二相入於一切眾生身中。如大價寶，垢衣所纏。如來藏常住不變，亦復如是，而陰、界、入。垢衣所纏，貪欲恚痴，不實妄想塵勞所污。」五陰、十八界、十二入（處）都好像是污垢的衣服，纏住了如來藏這無價之寶，要見到真性，必須拋棄五陰、十二入、十八界。色陰、色入（處）都在拋棄之列，禪宗自然不會細加研究。

禪宗到後來雖然支派繁衍，但不論「觀心」、「淨心」、「守心」以至「無心」、「無念」，對於外境不加理會的基本態度是相同的。

後來禪師的語錄中，又漸漸把「色」與「身」作為同義語，至於外界的事物，通常稱之為「境」，等於《阿含經》中的外六處，這又回復到根本佛教簡單明瞭的方式了。例如神秀《大乘無生方便門》中說「五方便」，其中的第三方便說：

「身心不起常守真心是沒是真如？心不起心真如。色不起色真如。心真如故心解脫，色真如故色解脫。」（「是沒是」即「是不是」。）

又說：「……心不動是定是智是理。耳根不動是色是事是慧。」（大正二八三四．一二七三—一二七四）

六祖慧能的《壇經》中更加清楚地使用「色身」這名詞。《壇經》（敦煌本）中有：「若一念斷絕，法身即是離色身。」「色身是舍宅，不可言歸。」「皮肉是色身舍宅，不在歸依也。」

「何名自性自度？自色身中，邪見、煩惱、愚痴、迷妄，自有本覺性，將正見度。」

《鎮州臨濟慧照禪師語錄》說：「是爾四大色身不解說法聽法，脾胃肝膽不解說法聽法……」（大正一九八五．四九七）

禪宗注重對一切處境不起念，《壇經》（敦煌本）說：「……解義離生滅。着境生滅起，如水有波浪，即是於此岸。離境無生滅，如水永長流，故即名到彼岸……」

《壇經》又說：「我此法門，從上以來，先立無念為宗，無相為體，無住為本……念念之中不思前境。若前念今念後念，念念相續不斷，名為繫縛。於諸法上念念不住，即無縛也。此是以無住為本。善知識！外離一切相，名為無相。能離於相，則法體清淨。此是以無相為體。善知識！於諸境上，心不染，曰無念。於自念上，常離諸境，不於境上生心。」

黃檗斷際禪師《傳心法要》中說：如果廣求知見，「着相修行，皆是惡法」，「求知見者如毛，悟道者如角」，前者喻極多，後者喻甚少。「今學道人，不向自心中悟，乃於心外着相取境，皆與道背。」重視外在境界現象的分辨是禪宗最反對的。

禪宗的基本道理，深契佛說。至於棒喝、機鋒、公案等等，都只是幫助人達到「無念、無相、無住」境界的方法，並不是禪宗真正要旨的所在。

淨土宗

淨土宗的法門是所謂「易行道」。由於一般經論艱深難解，往往具有大智慧人鑽了進去也跳不出來，所以淨土宗教人一味念佛與觀想，同時修積善行，慈心不殺。

《阿彌陀經》：「若有善男子、善女人，聞說阿彌陀佛，執持名號，若一日、若二日、若三日、若四日、若五日、若六日、若七日，一心不亂。其人臨命終時，阿彌陀佛與諸聖眾，現在其前。是人終時，心不顛倒，即得往生阿彌陀佛極樂國土。」

《觀無量壽經》：「唯願世尊，為我廣說無憂惱處，我當往生，不樂閻浮提濁惡世也。此濁惡處，地獄、餓鬼、畜生盈滿，多不善聚。願我未來不聞惡聲，不見惡人。」

「閻浮提濁惡世」就是我們這個世界。信奉淨土宗的人想解脫煩惱痛苦，目標是一樣的，只是方法不同。專心致志的念「阿彌陀佛」名號，終達到「一心不亂」、「心不顛倒」的地步，那麼對於色、聲、香、味、觸、法六塵自然而然不會貪戀染着。觀想阿彌陀佛、觀世音菩薩、大勢至菩薩的莊嚴形相，觀想西方極樂世界的寶境而求往生，那麼對於自己現世五蘊六入自然而然會看得極淡，自然而然地會消滅貪心、恚怒、痴念，令得五取蘊漸漸與慾望、煩惱脫卻聯繫。所以淨土宗也是一門極高明而有效的解脫法門。

律宗

律宗注意出家人的戒律，和本文所討論的問題關聯較少。戒律的基本用意，是定出具體的行為軌範，教人遵守，得以脫離對五欲六塵的染着，最終目標也是在求解脫。

密宗

密宗分金剛界、胎藏界兩門。金剛界應心法，胎藏界應色法。以地、水、火、風、空、識六法為宇宙法界之本體，萬事萬物都由此六法而成，地、水、火、風、空五大當胎藏界，識大當金剛界。密宗關於萬事萬物的現象，分為四種曼荼羅（現象），四種現象互相不礙不離。

至於各種事物的作用則分為身密、語密、意密，稱為三密，身密包括一切色法，語密包括一切音聲，意密包括心法，三密互相涉入，彼此融會貫通。三密加持（手作印契，口誦真言，心識達到超越境界），則凡夫身可以頓證當體即是大日如來佛，所謂「即身成佛」。我對於密宗的高深教義完全不懂，不敢妄談，只覺得密宗的修行方法中，似乎對於物質現象與肉體的重視，勝於其他各宗，然而求解脫的目標與別宗並無二致。

西藏密宗中的某些派別，對龍樹的中觀之學有深湛研究。宗喀巴等高僧對中觀的闡揚，漢人中極少有人能達到那樣高明的境界。同時西藏高僧對中觀的理解，不像漢人那樣受到中國傳統知見的影響，似乎更接近古印度大德的原意。

一九七七年十月九日晨　初稿寫畢

不生不滅　常樂我淨

一

生命的目標，是企圖找到生命中真正永恆不變的東西，將生命寄託在這東西之上，那麼就永遠沒有生老病死的煩惱與恐怖了。這東西是永遠不會老的、永遠不會生病、永遠不會死。因為歷久常在，不會老死，自然也不需要再生。這個東西，佛家稱為「真如」，也就是真正的生命。

找到了真正的生命，用通俗的話來說，就是「長生不老」。「長生不老」這句話中的「生」，不是生老病死的「生」，而是「活着」，就是「永遠不死」。

佛家說「不生不滅」，意思就是「永遠不死」。「永遠不死」只包括了一方面的意思，不及「不生不滅」的全面，不過「永遠不死」比較容易理解。佛家說修為的目的是「了生死」，就是要「達到不生不滅的境界」。因為根本「不滅」自然不需要「生」，佛家主要是從「不生」上着眼，「不生」的東西自然「不滅」。是否不生，暫時不去管它，只要生命永遠「不滅」，我們還會有甚麼憂愁，還會有甚麼恐怖？《心經》所說的道理，就是教人明白，真正的生命是可以不生不滅的。明白了這個基本關鍵，怎麼還會有憂愁和恐懼？所以《心經》說：「無罣礙故，無有恐怖」。

你試想想，如果你確知自己的生命永遠不會消滅，不論世界上發生甚麼天大的災禍，你還會不會恐懼？就算地球毀滅了、太陽爆炸了，你的真正生命卻絲毫不受影響，那麼你自然也毫不在乎了。

你自己固然不在乎，可是你的親人朋友呢？整個人類呢？世界上所有的動物呢？只顧自己，豈不是太自私了嗎？不錯，只顧自己，的確太自私，所以明白了這道理的人，必須盡力宏揚佛法，讓別人也明白這道理，讓大家都知道自己真正的生命永遠不會毀滅。這就是大乘佛教所最最看重的「普度眾生」。

普度眾生的真義，是將佛法教給廣大的眾生。

佛陀說五蘊，目的在使人解脫，使人明白不生不滅的道理；叫人清清楚楚地認識，自己的身體是既會生、又會滅的，這並不是真正生命之所在。

佛陀所教導的，決不單是教人解脫人生痛苦那麼消極，其中含有非常積極的意義。他所指點的，其實正是一條「長生不老」的正途。

但如說「長生不老」一般人自然而然地會想到：「我的身體能長生不老，我能夠不死，那真是妙之極矣。」道家是從這個觀念出發的，要煉丹求仙，成為大羅金仙，修成不死之身。

佛陀認為「修成不死之身」這件事不可能。身體無常，一定會死。然而生命之中卻有不死的東西，不過決不是身體。要使身體永遠長生不老，決無可能。然而對於真正的生命來說，身體並不重要，它要死，讓它死好了。只要真正的生命永遠不死，身體老也罷、病也罷、死也罷，都不相干。好比一件衣服舊了、破了、爛得不能再穿了，那又何必緊張？對於真正的生命而言，身體就如同是一件衣服，舊了破了固然有點可惜，但絕對不是甚麼大不了的事。

二

那麼真正的生命到底是甚麼東西呢？

真正的生命不容易了解，非常難以認識。所以修學佛法決不是容易的事。能夠長生不老，豈是易事？可是這絕對是能夠達到的，因為佛陀在菩提樹下已真正覺悟到了這個道理，這個道理也已傳了下來。我們只須依照他所指點的途徑，一步步的做去，終於會達到「認識真正生命永遠不死」的境界。

真正生命本來就是永遠不死的。在佛陀出世之前，在他覺悟到這道理之前，一向就是這樣。佛陀只不過清清楚楚地認識了這個道理，再詳細告訴世人而已。認識了這個道理，真正生命就解脫了人世的痛苦煩惱，獲得自由解放，回復到真正生命「永恆不變、逍遙快樂、自由自在、平靜安穩」的本來狀態。真正生命這四種美好的狀態，《涅槃經》以四個字形容之，稱為「常、樂、我、淨」。

大乘佛教從積極的一面着眼，教人尋求真正生命中「常樂我淨」的境界。原始佛教從具體的一面着眼，教人解脫纏在真正生命上那些「無常、苦、非我、不淨」的那些東西。大乘佛教和原始佛教是一致的，只是着眼點不同而已。「涅槃」就是「平靜、清淨」。原始佛教的四法印是「無常、苦、非我、涅槃」，和大乘佛教的「常樂我淨」其實完全是一樣的。認識了「非真正生命」的「無常、苦、非我」而達到「涅槃」，就達到大乘佛教的目標「常樂我淨」。原始佛教說的是具體方法，大乘佛教說的是最後結果。原始佛教說的是「應當擺脫的壞東西」，大乘佛教說的是「可以達到的好境界」。「擺脫壞東西」是「達到好境界」的手段和方法。

三

「應當擺脫的壞東西」全部是在我們心裏。

凡是「無常、苦、非我」的東西，全部是壞的，非擺脫不可。

原始佛教的四法印分成兩個部份，前面三法印是「應當擺脫的壞東西」，第四法印「涅槃」是目標，是「可以達到的好境界」。「苦」這個法印，其實已包括在「無常、非我」之中，所以有時說三法印，三法印和四法印並無不同，只是說的時候有詳略之分而已。

我們讀《阿含經》，看到佛陀說法的基本方式，總是問人：「這種東西是常嗎？是苦嗎？是我嗎？」如果是「無常、苦、非我」的，就應當擺脫。能夠徹底擺脫，目標就達到了，涅槃了。「無常、苦、非我」三法印是三個標準，用以檢別是否「應當擺脫的壞東西」。合乎這標準的，應當擺脫。

把「壞東西」都剔除乾淨之後，剩下來的自然是「不生不滅」、「常樂我淨」的好東西了。「不生不滅、常樂我淨」的境界極難達到，無可捉摸，不是思想或言語所能接觸到。「不可思議」，就是不能夠用思想來「思」，不能夠用言語來「議」，凡是能「思」、能「議」的境界，就決不是「不生不滅、常樂我淨」的境界。

在大乘佛法中，常用「無生」這兩個字來作為「不生不滅、常樂我淨」境界的簡稱。得到了「無生法忍」，就是終於見到了那個境界，到達了那個境界。「無生」就是「不死」，意義完全相同。不過「不死」兩個字，很容易引人產生幻覺，以為是「我的身體永遠不死」。這種幻覺是大大的「壞東西」，已經有了的，必須趕快除去，如何可以產生？為了安全起見，用「無生」兩個字較好。

「無生境界」既不可思議，想也想它不到，說也說它不着，那怎麼能達到呢？佛陀說：不用擔心，有辦法的，只要將「壞東西」剔除一分，離開那個境界就近了一步。

如果在這一生之中，一直到死也達不到那個境界，豈不糟糕之極？佛陀說：最好當然是在這一生中達到，就此一勞永逸，所以佛陀諄諄叮囑，要「不放逸」，要「精進」。但如努力之後仍然達不到，那也不要緊。任何努力都不會落空的，這一世不行，還有來世，繼續努力就是了。這一世的一切努力，對來世完全是有用的。首先，這一世的努力，必定會使你來世有一個繼續努力的良好環境，你來世不會變成畜生，以致智力太差，難以了解佛法。其次，你身上的「壞東西」雖然剔不乾淨，總之已剔除了不少，來世你不可能是壞人，繼續剔除起來容易得多。

佛陀的弟子之中，聽到佛法之後，資質最好的，即刻就到達了「無生境界」，例如舍利弗、大目犍連。有些修行了幾十年，在臨死之時到達。就算資質最差的，最多轉世七次，也終於到達了。

佛陀在《阿含經》中說「人天福報」，決不是與解脫無關。只不過他見到有些人不可能在這一世中到達「無生境界」，就勉勵他多做好事，為此後各世中的解脫打好基礎，同時不要為自己製造將來得到解脫的障礙。

四

「應當剔除的壞東西」是些甚麼呢？

根據「無常、苦、非我」這三個標準，首先要剔除的，是「認為五蘊就是真正生命」的觀念。五蘊是無常的、苦的、非我，完全合於佛陀所定的標準，決不是「真正生命」。「認為五蘊就是真正生命」的錯誤觀念，是世人所共通的，佛教中有一個專門名詞，稱之為「薩迦耶見」。「見」就是見解，指錯誤的見解。「薩迦耶」的巴利文是 sakkāya，由 sat 與與 kāya 兩個字組成，kāya 是「身」，也就是五蘊，sat 是「永遠存在」。「薩迦耶見」又譯為「有身見」或「身見」，意思說：「認為五蘊就是我的真正生命」的那種錯誤見解。

如果不正確認識五蘊，五蘊與欲望、煩惱結合，就成為「五取蘊」。對於我們凡夫俗子來說，五取蘊和五蘊沒有分別。佛陀不斷告訴世人，五蘊或五取蘊「如病、如癰、如刺、如殺」（雜一〇四），五蘊「為眾生患」（雜一三），五蘊是「重擔、大苦」（雜七二），「以縛生、以縛死、以縛從此世至他世」，是「魔網」、「入魔手」、「為魔所牽」（雜七四），五蘊「彼一切皆是死法」（雜一二一）。

這樣的「壞東西」如何可以不擺脫？

要擺脫這些「壞東西」，就須明白這些「壞東西」到底是甚麼。

我們研究五蘊，唯一的目的只是設法擺脫它。五蘊是「死法」，擺脫了「死法」，就有可能得到「不死法」，就算不能完全得到，至少是向看得到「不死法」的目標走近了幾步。

五蘊中包括生理組織和心理組織兩部份。我們要再度強調，如果抱着研究生理學與心理學的態度來學佛法中的五蘊，那是不會有甚麼收穫的。學佛法中的五蘊，目標是在學「不死法」。

一般小乘、大乘論中對五蘊作細密分類。《俱舍論》將之分為七十五種。唯識系將之分為一百種。南傳上座部將識蘊分為八十九種，行蘊分為五十種，識蘊與行蘊結合，又產生了二百九十三種善業心、心所法，二百零四種惡業心、心所法，四十九種無記業心、心所法。如果對南傳上座部這六百八十五種東西全部了解與記得之後，果然能踏入「不死境界」，那倒也值得；每天記一種，不過兩年多時間也就全部記得了。但我個人相信，這些東西與解脫無關。為了計算這六百八十五的總數，我用計算機又加又減地算了十幾分鐘，而且也不能擔保結果一定不錯，因為實在太過囉嗦繁複，簡直有點像「魔網」的樣子。

我堅決相信，佛陀說五蘊的目的，決不是將五蘊的每一蘊細密分類，教人牢牢記住。

而且，小乘、大乘論師們不論將五蘊分成幾十法、幾百法，始終是不可能完備的。人心千變萬化，如何能夠窮舉？

佛法的法門無數，或許其中有一個法門是教人記住這幾百種識蘊與行蘊的分類。既有這種分類法傳下來，已足證明世上確有人與這種方法個性相投，所以我們也不必批評這種方法不妥當，但相信不能和大多數世人的性格相投，尤其和中國人的性格不合。鳩摩羅什說「秦人好簡」（見《大智度論序・序》），「秦人」就是中國人，中國人喜歡簡單明瞭，直截了當，討厭囉嗦複雜。《阿含經》中所記載的佛陀說五蘊，其實是十分簡單明瞭的。我們還是根據佛陀所說的來了解。

五

佛陀說法的時候，並不為他所用的名詞下定義。聽法的人當然明白這位大導師所說的是甚麼。我們日常談話，並不為談話中所用的名詞下甚麼定義。我們說：「今天天氣真好！」「你近來身體好嗎？」不必解說「天氣」是甚麼意思，甚麼是「天氣好」，甚麼是「身體好」。佛陀說法也是平平常常的談話，不是宣讀學術論文，所以在《阿含經》中很少見到定義。

受、想、行、識四蘊的定義，都是小乘論師在阿毘達磨中所下的。其實，阿毘達磨的主要作用之一，就是為《阿含經》中的各種名詞下定義。這些定義有些似乎很符合佛陀的原意，有些則不免大大走樣，只是各部派論師根據本派的理論體系而任意解說。

有部較早的論集《集異門足論》與《法蘊足論》中，對於受想行識四蘊都只加以分類，沒有下確定的定義。

《品類足論》卷一中說：「眼識云何？謂依眼根各了別色。耳識云何？謂依耳根各了別聲。鼻識云何？謂依鼻根各了別香。舌識云何？謂依舌根各了別味。身識云何？謂依身根各了別所觸。意識云何？謂依意根了別諸法。受云何？謂領納性。此有三種，謂樂受、苦受、不苦不樂受。想云何？謂取像性。此有三種，謂小想、大想、無量想。思云何？謂心造作性，即是意業。此有三種，謂善思、不善思、無記思。」（大正一五四二・六九三）

後世佛學文字談到受想行識四蘊時，都解釋說：受就是「領納」，想就是「取像」，行（即「思」）就是「造作」，識就是「了別」。這樣的解釋，相信都是根源於世友尊者在《品類足論》中所下的定義。我覺得這四個定義簡單明確，說法妥善。後世佛學者在談到受想行識時，不像談色蘊那麼混亂，或許和世友尊者這四個簡單明確的好定義有很大關係。世友對受想行識四蘊的分類也簡單明確。在有部諸論師中，他確實是一位了不起的人物。（世友即婆須密，又作婆須蜜多，禪宗尊為西土第七祖。）

但關於識蘊、學者們的看法十分分歧，在某些關鍵性問題上使人摸不着頭腦。有些著作中隱隱約約接觸到了關鍵的所在，卻始終沒有清清楚楚地指出一個中心要點。

我個人以為，這中心要點是：識與識蘊是兩種東西，必須明確劃分。但在所有的佛學著作中，識與識蘊卻被說成是一種東西，以我淺學，所見到中外古今的佛學著作中，都是這樣說，完全沒有例外。

我提出「識與識蘊不同」的見解，自知頗為大膽，因為在任何前人的著作中都沒有根據。但近日來不斷思索，總覺得這兩者如果不加劃分，佛法中關於五蘊的許多疑難都無法解答，一加劃分，所有的疑難便迎刃而解，而且也能與《阿含經》中所記佛說中的幾個重要教示相符，也能符合近代生理學、心理學研究所得的結果。佛法雖不必一定符合科學，然而我們在解釋佛法之時，如能符合科學，當可增加對自己見解的信心，增加讀者的信心。我有一個堅定的信念：佛陀的教示，決不能被科學上的實驗所推翻，最多是目前的科學知識還不夠證實佛陀的教示。

中文佛學中的「天」

中文佛學中的「天」字，含義遠較巴利文、梵文、英文等為廣，實際上包含許多不同意義。

一、六趣之一，眾生之一，最高級的眾生。與阿修羅、人、餓鬼、畜生、地獄屬於同類。有時稱為「天子、天女」，屬於有個性、有壽命、有慾望的眾生，能生能死。

二、天神、天子、天女所住的地方。如兜率天、他化自在天等。是一種所在、地方，屬於三界之中。

三、禪宗所達到的境界，屬於心理狀態。如初禪、二禪所達到的某某天。本人坐在房中，心境則在某某天。此境界有時與上述的第二相混，所以佛與目犍連等，有神通可到天上與帝釋等相會談話。

四、形容詞。天為喜悅、聖潔的意義。所以天華、天香等為形容花、香之極聖潔狀態。印度人稱轉輪王為「天」，稱玄奘為某某天。中國人稱皇帝為「天子」。印度人有大天、聖天等人名，龍樹之弟子提婆，即為「天」義。等於「雲裏金剛」、「母夜叉」。

五、人生的最高福報境界。原始佛經中也有，如說某長者在現世人生中過天的生活，慳吝者過地獄生活。

天台宗解說「一念三千」，認為佛、菩薩、辟支佛、聲聞弟子、天、人、阿修羅、餓鬼、畜生、地獄十類眾生心中，均有十類其他眾生的心境。（佛願入地獄、願度畜生，所以佛有地獄、畜生心境；畜生可以成佛，所以畜生有佛的心境。）共有一百種心境，三界眾生有三百種心境，每種心境又各有十類，因此為三千種心境。如此則人可以有「天」的心境，也可有「地獄」的心境。

「心境說」是善巧的解說，最易為現代人所接受。

以上五種不同的「天」，第一、四、五種在巴利文、梵文中均為 deva / Deva；第二種為另外許多字；第三種又為另外許多字。

九成兄認為《阿含經》中混入傳說、神話，此見甚高。

第一、二種是否真有，科學所不能知。不知佛為方便說，或了義說？我個人在目前的了解力下，不能肯定，暫時存疑，但傾向於相信為了義說。

佛經故事

生老病死

菩薩（太子）想出去遊覽，便吩咐車夫預備寶車，乘車去園林賞玩風景。在路上見到一個老人，滿頭白髮，齒落面皺，身子佝僂，拄着拐杖，有氣無力的喘息而行。太子問車夫：「這是甚麼人？為甚麼他的頭髮和身體都跟旁人不同？」車夫答道：「這是老人。」太子問道：「甚麼叫老人？」車夫說：「他壽命快完了，沒有多少日子好活了，這就叫做老人。」太子問道：「將來我也會老嗎？」車夫答道：「是，不論富貴貧賤，人既然生了下來，就都會老。」太子惆悵不樂，吩咐車夫駕車回宮，默想：「這人生了下來，就必有老，這衰老的痛苦，我將來終究難以避免。」

過了一段時候，太子又吩咐車夫駕車出遊。在路上見到一個病人躺在糞穢之中，身體瘦弱，肚腹腫脹，滿臉黑氣，痛苦呻吟，卻說不出話來，也沒有人照料他。太子問道：「這是甚麼人？」車夫答道：「這是病人。」太子問道：「甚麼叫做病？」車夫道：「他身受各種痛苦，難以解除，那就叫做病。」太子問道：「我也會生病嗎？」車夫道：「是，不論貴賤，都難免疾病。」太子心中不樂，就吩咐駕車回宮，默想：「人生於世，既難免老苦，又難免病苦。」

過了些日子，太子又命車夫駕車出遊。路上見到一群人手持雜色旗幡，悲號哀哭。太子問道：「他們在做甚麼？」車夫答道：「有人死了，所以死者的親友悲傷號哭。」太子道：「我們過去瞧瞧。」車夫應道：「是。」驅車近前。太子見到了死者的屍體，問道：「甚麼叫做死？」車夫答道：「這人死了，以後他的父母親屬再也見他不到了，他也從此見不到父母親屬。」太子問道：「將來我也會死嗎？我死了之後，父王、母后和眷屬再也見不到我，我也從此見不到他們了？」車夫道：「是，殿下，我們每個人都要死的。」太子愀然不樂，命駕還宮，靜坐沉思：「一個人生了下來，就難免老苦，病苦、死苦，那麼誕生也就是苦了。」

（《長阿含經．大本經》。D 27）

筆者註：《大本經》是佛陀向眾弟子述說七佛的事蹟，七佛的經歷都大同小異，稱為「諸佛常法」。經中所述太子見到生老病死之苦，是第一佛毘婆尸佛的事，但其餘六佛也一樣，所以也可說是釋迦牟尼佛述說自己的經歷。佛陀未成正覺之前，稱為「菩薩」。

「在我得到正覺之前，那時我還是個未得正覺的菩薩，我難免生苦、老苦、病苦、死苦，心中憂愁，污穢不淨，我要尋求答案，這一切痛苦煩，是從哪裏來的。我要尋求不生、不老、不病、不死、不憂愁、不污穢的法門，那便是最高無上的解脫涅槃。我那時青春壯盛，頭髮烏黑，剛二十九歲，正享受各種各樣的歡樂，便出家學道，尋求無上安樂的法門。訪師修行，多年無成，最後在尼連禪河畔的樹下沉思，得到了不生、不老、不病、不死，不憂愁、不污穢的法門，那便是最高無上的解脫涅槃。」

（《中阿含經・羅摩經》。M 26）

「那時我想：我得到的正法深奧微妙，難以了解。世人耽於欲樂，如果我向他們說法，他們必定不易接受，徒然造成困擾。我得到的正法是逆流而上的法門，世人極難信解。

「後來我觀念世界眾生，他們眼中的塵垢有的少、有的多，根性有的聰明、有的愚鈍，個性有的馴良、有的粗暴，有的畏懼罪惡，顧念來世。就像池塘中的青蓮花、紅蓮花、白蓮花，有的全部浸在水裏，有的剛升到水面，有的已升到水面之上，不受水的污染。

世人常煩憂，苦受生死迫；
沉浸欲樂中，難解深妙法；
惟為悲憫故，開演不死門；
眼中少塵者，聞信而奉行。」

（《長阿含經．大本經》。M 26）

筆者註：正法深妙，世人難解難信，佛陀本來不想開演，以免徒勞，但經梵天王再三勸請，又想世人之中也有成見較少的，可以聽聞正法而信奉，於是以大慈大悲的心腸，將所悟到的不死法門向世人講述。梵天王勸請的過程，或許也可解釋為：象徵佛陀內心反覆思惟要不要向世人說法。勸請的過程甚長，這裏沒有譯出。

現世安樂

有一個少年岳迦郁來向佛請教，行禮之後，請問：「世尊，普通在的在家人有甚麼方法可以得到安樂？」

佛告訴他：「普通在家人要得到安樂，方法是這樣：

第一，要學習謀生的技術，經營農業或商業，或者在政府公家機構中服務，或者從事書寫、計算、繪畫等職業。對於這些技術，要努力不斷地求進步。

第二、所有正當得來的錢財，要好好守護，不因政府沒收、盜賊搶劫、水火天災、自己疏忽而受損失。

第三、平常行為要守規矩，不可懶惰，不做虛假的事，不做兇險的事。沒有遇到憂患的，可以不會遇到；已經遇到了的，能夠善於應付。沒有得到喜樂的，能夠迅速得到；已經得到了的，可以保持不失。

第四、錢財收支要平衡謹慎。好像用秤秤物，太輕的要添加些，太重的要拿掉些。如果有人並不富有而亂花錢財，那就是愚笨貪慾，不顧將來。如果有人錢財很多，卻捨不得食用，別人就會說他是傻子，是『餓死狗』。

能夠這樣，那麼在現世生活中就可得到安樂。」

（《雜阿含經・卷四・九一》。A VIII 55）

拐杖和兒子

有一天早晨，佛陀到舍衛城乞食，看見一個白髮憔悴的老者一手執杖、一手持鉢在挨戶乞食。佛陀就問他：「你年紀這樣老了，為甚麼還在這樣辛苦乞食？」老者答道：「我家裏所有的財物，都已給了我兒子，為他娶了妻，所以只好離開了自己的家，出來討飯。」佛陀說：「我教你一篇偈，你能夠對着眾人向兒子說麼？」老者說：「能夠的。」於是佛陀就說偈道：

「生子心喜歡，慈愛善撫養；
為其娶妻室，財物盡付予；
邊鄙田舍兒，人形惡鬼心；
棄捨老慈父，逼其行乞食；
老馬無復用，即奪其麥料；
還是拐杖好，比子更恩愛；
為我防惡牛，助我過險地；
能擋卻惡狗，扶我暗處行；

避深坑空井，草木棘刺林；
全靠此拐杖，方得不摔倒。」

老者記住了，邀集了許多人，然後當眾向兒子背誦這偈。他兒子聽了之後，心中慚愧惶恐之極，忙抱了老父回家，替他洗浴按摩，給他穿上新衣，重新請老父為一家之主。

老者心想，這一切都是佛陀賜給我的，於是到佛陀的住處，深深表示感謝。

（《雜阿含經・卷四・九六》。S 7.2.4）

長生不老？

有一次，舍衛國國王波斯匿王獨自沉思：「有三件事是一切世人都十分害怕的，那就是老、病、死。如果世上沒有這三件事，諸佛如來固然不會出世向人說法教導，世人也不會知道有諸佛如來了。」

於是他來到佛所居住的祇樹給孤獨園，行禮之後，問道：「世尊，有沒有人能長生不老？」

「沒有人能長生不老。就算是大富大貴之人，家中金錢滿庫，米穀滿倉，權勢廣大，窮奢極慾，也不能長生不老。

王所乘寶車，金銀美裝飾；
日久當朽壞，人身亦復然；
唯如來正法，無有衰老相；
眾口輾轉傳，流佈於世間。」

（《雜阿含經．卷四六．一二四〇》。S 3.1.3）

四座大山

有一次，波斯匿王來見佛時，顯得很是疲累。佛問他：「大王，你為甚麼這樣倦？」

「世尊，我忙得很。我統治的國土廣大，事務眾多，酒色財氣這一類事又拋不下。」

「大王，譬如說，有一個忠誠可靠的人從東方來，向你稟報：『大王，我剛從東方來，見到有一座高與天接的大山，正在滾滾而來，一切草木眾生全給壓碎。大王快快設法應付。』如果西方、北方、南方也都有一個忠誠可靠之人，向你稟報說有一座大石山正壓地滾來。面臨這樣恐怖之極的大禍，又無洞穴可以躲藏，你有甚麼法子？」

「如果是這樣的話，那只有信奉佛法，多做善事。除此之外，還有甚麼法子？」

「不錯。老山摧毀壯年盛色，病山損害健康，死山壓碎一切生命，衰敗之山破壞一切榮華富貴，妻離子亡，親友喪失，錢財消散。這樣四座大山滾滾而來，那是無可逃避的。」

「衰老和死亡向我逼迫而來，我雖然有戰象隊、戰車隊、騎兵、步兵，卻都不能用來抵擋。我宮廷中有不少謀臣、術士，庫房中堆滿金銀，但智謀、咒術、財物的賄賂，都不能抵擋衰老和死亡的侵襲。」

「正是。只有信奉佛法，修義、修福、修善、修慈，那麼你在生的時候，可以得到良好的名聲，命終之後，下一世可以得到福報。」

（《雜阿含經・卷四二・一一四七》，《別譯雜阿含經・七〇》。S 3.3.5）

國王喪母

有一天，波斯匿王率領部屬，乘坐寶軍，出了舍衛城。他的母親已極衰老，快一百歲了，就在那天逝世。

大臣不奢蜜富於智謀，心想：「國王奉母極孝，得到這消息後一定十分悲傷，只怕要不能飲食而得重病。我當設法勸解才是。」於是派出五百頭白象、五百匹馬、五百名步兵、五百名美女、五百名婦人、五百名修士、五百名沙門，再預備了大批華服珍寶，為太后發喪，棺木宏大，旗幟輝煌，幡蓋華麗，再加上鼓吹樂隊，出城送殯。

波斯匿王辦完了事，回歸王城，見到這樣盛大的送殯行列，問左右說：「是誰死了，喪事這樣鋪張？」不奢蜜說：「舍衛城裏有一位富翁的母親死了。」國王問道：「這許多象馬女子，用來做甚麼？」大臣稟告：「這五百名婦人是奉上閻羅王的，想用來贖回死者的性命。」國王笑道：「這真蠢極了，人已死了，又有甚麼辦法？好比一個人給大魚吞進了嘴裏，再想出來，決無可能；到了閻羅王那裏，也不可能再回來了。」

大臣道：「這五百名美女也是用來贖命的。」國王道：「那不行。」大臣道：「那就用這大批華服珍寶去贖。」國王道：「不行。」大臣道：「如果贖不到，就叫這五百名修士念咒，用法術令死人復活。」國王道：「沒有用的。」大臣道：「那麼就請這五百位法師說法。」國王道：「不行。」大臣道：「如果說法仍然不行，那就派出大批象隊、馬隊、兵將去攻打戰鬥，奪回死人的命來。」

波斯匿王哈哈大笑，說道：「蠢才，蠢才！死了的人，再也活不轉了。你說，世上有哪一個人不死呢？」大臣道：「的確沒有。」國王道：「有生就必有死，這是佛陀說的。」

大臣不奢蜜就跪下說道：「大王，所以請你不要悲傷，一切眾生終究都是要死的。」國王問道：「我為甚麼要悲傷？」大臣道：「太后今日不幸逝世了。」

波斯匿王連聲嘆息，對不奢蜜道：「你說得不錯。你很聰明，能這樣想法子來勸慰我。」

國王於是回到城中，以種種香花供奉亡母，然後坐車去見佛。

佛問：「大王，為甚麼今天塵土滿身，神色憂苦？」

國王流淚道：「世尊，母后今日命終。母后在世之時，多做好事，快一百歲了。如果我能用象、馬、車輛、金銀珍寶、奴婢僕從、城池國土來贖回母后的命，自然必定去贖，就算要我用一個省份的人民去贖，我也願意的。可是這一切都沒有用！」

佛對國王道：「所以啊，大王，你不必哀傷。一切眾生，終究要死。一切事物變易無常。希望它不會變易，永遠是辦不到的。人身好像是個雪團，終於會融化；又像是個土瓶，總有打破的日子。人身像是海市蜃樓，幻化不真；又像握個空拳，騙騙小兒，張開五指，掌裏甚麼也沒有。老、病、死、恩愛別離，這四種大恐怖侵襲到來之時，誰也抵擋不了的。

「所以你應當以良好的法律，治理國家人民。大王你自己，不久也會去到生死之海。你要知道，如果你以善法治國愛民，你死後可以升天；如果你以惡法虐待人民，死後便入地獄。」

波斯匿王問道：「世尊所教導的，叫做甚麼？」佛道：「這叫做『拔去憂傷之刺』。」波斯匿王道：「正是。今天我聽了你的教導之後，心中的『憂傷之刺』已經拔去了。」

（《增一阿含經．卷一八．七》，《雜阿含經．卷四六．一二二七》，《別譯雜阿含經．五四》，《佛說波斯匿王太后崩塵土坌身經》。S 3.3.2）

母子分離

「沒有知識的人說：有三件恐怖事情，能令母子分離。第一件，兵兇亂起，殘害國土，盜匪侵襲，百姓逃亡，於是母子分離。第二件，大火忽起，焚燒城村，人民奔散，母子分離。第三件，大雨成災，洪水氾濫，淹沒城村，母子分離。

「然而母子分離之後，有時還是可以再得團聚的。能令母子真正分離的，是另外三件恐怖事情。

「兒子年紀漸老時，母親不能說：『孩子你別老，我代你老。』兒子也不能說：『媽媽你別老，我代你老。』這是第一件。兒子生了病，母親不能說：『孩子你別病，我代你病。』兒子不能在母親有病時說：『媽媽你別病，我代你病。』這是第二件。兒子快要死了，母親不能說：『孩子你別死，我代你死。』母親將死時，兒子不能說：『媽媽你別死，我代你死。』這是第三件。這三件恐怖事情，能令母子真正分離。

「然而有法子可以解除這三種令母子分離的恐懼，有法子可使母子團聚。那是甚麼法子？那便是修習八正道。」

（《雜阿含經・卷二八・七五八》）

www.cosmosbooks.com.hk

書　　名　金庸選集——金庸學佛
作　　者　金　庸
編　　者　李以建
責任編輯　林苑鶯
封面設計　曦成製本
美術編輯　Dawn Kwok
出　　版　天地圖書有限公司
香港黃竹坑道46號
新興工業大廈11樓（總寫字樓）
電話：2528 3671　傳真：2865 2609
香港灣仔莊士敦道30號地庫（門市部）
電話：2865 0708　傳真：2861 1541
印　　刷　美雅印刷製本有限公司
香港九龍觀塘榮業街6號海濱工業大廈4字樓A室
電話：2342 0109　傳真：2790 3614
發　　行　聯合新零售（香港）有限公司
香港新界荃灣德士古道220-248號荃灣工業中心16樓
電話：2150 2100　傳真：2407 3062
出版日期　2024年3月／初版・香港
2024年7月／第二版・香港

ISBN : 978-988-8551-28-6